いいなりの時間

かのこ

新潮社

目次

いいなりの時間

1

月末の慌《あわ》ただしいオフィスで、私は仕事をしている風を装ってカタカタとキーボードを叩いていた。パソコンのデスクトップに表示されているのは、一時間前から少しも進んでいない社内報の編集画面と、インターネットの検索画面だ。

仕事に全く身が入らないまま、私はできるだけ小さく表示させたインターネットの検索画面に、『フェロモン　出すには』と打ち込んだ。

検索ボタンをクリックして出てきた、〝色気は内側から滲《にじ》み出るもの〟という一文に溜息《ためいき》をついていると、ふいにメーラーが、ピロン、と音を立ててメールの着信を知らせてきた。

我に返ってブラウザを閉じ、そのメールを開く。

『お疲れさま。この間の経費精算の領収書、忘れててごめん。後で持って行きます』

メールは、同期の藤澤《ふじさわ》くんからのものだった。一フロア下にある開発室から送ってきたのだろう。

数日前、彼が申請した経費精算書に、一枚、領収書が足りなかったのだ。そのため私の机の上の書類棚には、彼からの申請書だけが経理課に提出することもできずに取り残されていた。

人に強く言えない性格のせいで、申請書類の補佐業務ではいつも苦労をする。記入事項の不備不足、添付漏《も》れに締め切り遅れ。システムエンジニアとして働く技術職の社員の多くはそういった事務的な作業を嫌がる。だから書類の不備を指摘しても、なかなか直してもらえない。けれどその点、藤澤くんは私たち事務職の社員にとってとてもありがたい存在だった。

そもそもミスが少なくて、もし間違えていても、一度指摘すれば同じようなミスは絶対に繰り返さなかった。それにサブリーダーという役職もあって、後輩にも気をつけるようにと一言、言ってくれたりする。

そして何より彼は雰囲気がとても柔和で、なにかと頼みごとがしやすいのだ。

送られてきたメールには業務的な内容の末尾に、『追伸』と一言付け加えられていた。

『さっき人事の井上さんにマカロンもらったから、一つ佐野《さの》にあげるよ。あの人、俺のこと太らせるつもりか？』

その文章を読んで、私は今日出社してから初めて、少しだけ頬《ほお》を緩《ゆる》めた。

けれどすぐに周りに気づかれないよう、指で口元を擦って表情を引き締め、私はそのメールに返信を打った。

『お疲れ様です。領収書、ありがとう。追伸。私は菜月《なつき》ちゃんにクッキーもらったから交換しよ。私マカロンって食べたことない』

キーボードを打っている間に落ちてきた髪の毛を耳にかけながら、藤澤くんの姿を思い浮かべる。

どちらかといえば細身なその風貌が女性の母性本能をくすぐるのか、藤澤くんは人事の井上さんをはじめ女性社員からよくお菓子をもらっている。

「本当の理由は出世の有望株だからでしょう。餌付《えづ》けよ餌付け」

と、同じ総務課の同期である菜月ちゃんが毒を含めて言っていたとおり、彼女たちには下心もなきにしもあらず、なのかもしれない。

確かに、言い方は悪いかもしれないけれど藤澤くんは社内でも上位の出世有望株だろう。

国立大学の大学院修士卒で、機械工学を専攻していたという。プログラム開発の研究室にいたためか、入社当初からすでに即戦力だった。そもそもパソコンが好きらしく、仕事も嫌がらずに率先してやる。

人当たりの良さから同性や先輩にも妙に好かれて時々いじられていたりもするけれど、入社四年目にしてプロジェクトのサブリーダーを任されるようになったのは凄いと思う。

私たち大卒採用からすると二歳年上なのだが、

「同期なんだから堅苦しいのはナシで」

という本人の言葉通り、同期のみんなは彼に一目置きながらも、年齢差を感じさせない付き合いをしている。

かくいう私も、彼に対しては最初から、あまり人見知りをせずに話すことができた。

入社後に初めて催された同期の懇親会で、たまたま席が隣同士になったのが藤澤くんと話をするようになったそもそものきっかけだ。

お酒も入りみんながどんどん盛り上がる中、何となくついていけず気後れしていた私に、藤澤くんはずっと話しかけてくれた。

それ以降、彼は私にとっては数少ない、よく会話を交わす男性の一人となった。

メールを送信し、気合いを入れ直して社内報作りに取り掛かろうとしていると、すぐにメーラーが再び、ピロンと鳴った。

届いた返信メールには、

『クッキーか、いいね。交渉成立。じゃあ、領収書と一緒にお昼休みに持って行くよ』

と書かれていた。


菜月ちゃんと昼食を済ませ席に戻ってしばらくしたころ、予告通り藤澤くんが領収書とマカロンの入った小箱を手にやってきた。

まだ休み時間ということもあって、フロアには空席が目立つ。

藤澤くんは隣の相原《あいはら》さんの椅子に腰かけると、はい、と言って領収書を私に差し出した。

「ご迷惑をおかけしました」

「ううん、大丈夫。まだ間に合うから。ありがとう」

藤澤くんは深々と詫《わ》びるポーズをとったけれど、その顔は笑顔だ。私もつられるようにして少しだけ笑って、領収書を受け取った。

「で、こっちはお約束の品」

「また……可愛らしいものもらったね」

差し出した掌《てのひら》に、ころん、と転がされたピンク色のマカロンの包みを眺めて言うと、藤澤くんは苦笑いをして頷いた。

「だろ？　さすがに開発室では食べにくかった」

「ピンク色、食べたの？」

「いや、オレンジ色」

「どっちも可愛い色だね」

「うん。相模《さがみ》さんにもからかわれたよ。匠《たくみ》ちゃんってばまたお姉様から餌もらったの？　って」

先輩社員からからかわれる藤澤くんの姿がありありと目に浮かぶ。きっとそのからかいには、ひがみややっかみは少しも含まれていないのだろう。

「藤澤くん、いつも相模リーダーにからかわれてるね」

「相模さんだけじゃないけどね」

くすくすと笑みを漏らすその横顔を眺めながら、ふと、整った顔だなと思った。

精悍《せいかん》というよりは柔和。だけれども、可愛いというわけでもない。周りの女性社員が言うように、かっこいい人だと思う。中性的というのがしっくりくるかもしれない。

きっとモテるんだろうなと思う。自分とは違って、異性のことで頭を悩ませることもなければ、振られてしまうようなこともないに違いない。

そう思ったら、一ヵ月前の出来ごとが頭をよぎった。


――芽衣《めい》は真面目すぎてつまらない。


あの日、電話から聞こえてきた元彼の声が甦《よみがえ》りそうになって、私は無理矢理笑った。

「藤澤くんは人当たりがいいからだよ」

「そう?」

「うん、見習いたい」

「佐野が? 俺を?」

「うん」

そう言ってから、私は少し後悔した。言葉にすると余計に、自分は女として足りないものだらけな気がしてきたからだ。

たとえば私がもっと、ポジティブな人間だったら。読書とか手芸とか、ネットでウィンドウショッピングとかが好きなんて、そんな地味で内向的な女じゃなかったら。藤澤くんのようにみんなに親しまれる、素敵な女性だったら、きっと、こんな惨《みじ》めな気持ちを抱かずに済んだに違いない。

「いいんじゃない? 佐野はそのままで」

「……そんなことないよ」

私に色気があって、もっと魅力的だったら、あんなことにはならなかったんじゃないだろうか。

目の前に座る藤澤くんの声が、ほとんど耳に入ってこない。

視線を逸《そ》らすと、パソコンの画面がスクリーンセーバーに切り替わり、呑気《のんき》にメーカーのロゴを表示しはじめた。

「そう? 真面目だし、聞き上手だし」

「……真面目?」

それまで藤澤くんの言葉はすべて耳を素通りしていたのに、「真面目」という単語だけがやけに大きく気持ちを波立たせた。

「うん、真面目。佐野の良いところだよね」

きっと藤澤くんは褒《ほ》めてくれている。それは頭の片隅でわかっているのに、突然理性がボロボロと崩れる音がした。その言葉を私はまだ、うまく聞き流すことができなかった。

「……まじめ……」

「ん？」

「そんなつもり……ないんだけどな……」

私は一ヵ月前、彼氏に別れを告げられた。もしも振られていなければ今日は、その彼と付き合い始めて三年目の記念日だった。

三年近くの付き合いを終わらせることになった最後の言葉は、「芽衣は真面目すぎてつまらない」だった。

泣きたくなんかないのに、視界に映るスクリーンセーバーの画面がどんどんと滲んでいく。点滅するロゴマークも読み取れない。

会社なのに、という冷静な声が思考の端に追いやられ、こんな日にどうして会社にいるんだろう、と、いろいろな感情が溢《あふ》れて涙が零《こぼ》れそうになった。

「……っ」

「え……？」

瞼《まぶた》をきつく閉じて、息を大きく吸い込む。深く俯《うつむ》くと、藤澤くんの戸《と》惑《まど》いの声が聞こえてきた。

「えぇっ!? 佐野?」

「ご、ごめ……」

このままじゃ困らせてしまうと思ったけれどすでに手遅れで、ぽたり、とスカートに小さな水滴が落ちた。慌てて指で涙を拭う。他の人がいない時でよかった、と思いながら、ずず、と鼻を鳴らす。

「……なんかあった? 悪い、俺、変なこと言った?」

「違う、ごめん……本当に。なんでもない、ごめん……」

何度謝っても足りない気がしたけれど、ひとしきり謝って私は必死に感情の波を押し留め、涙を止めようと深呼吸した。

「あー……そうだ、佐野。今夜、暇《ひま》?」

「え?」

「飲みに行こう」

「飲み?」

唐突な誘いに、私はずっ、とまた鼻をすすりながら顔を上げた。藤澤くんは、にっ、と明るい笑顔を浮かべる。

「ほら、最近行ってないし。久しぶりに」

気を遣《つか》わせてしまったのだと、堪《たま》らなく申し訳ない気持ちになりながらも返す言葉を失っていると、フロアのドアががちゃりと開く音がした。時計を見ると、間もなく休み時間が終わるところだった。

私は急いで涙の痕跡を消すように手の甲で頬をぬぐい、そして、藤澤くんの優しい笑顔に後押しされるようにして答えた。

「…………行く」

行けばきっと、相談とも愚痴《ぐち》とも知れない話を彼に聞かせることになる。きっと迷惑をかけてしまう。けれど、何よりも今晩、独りでいることに耐えられそうになかった。

「よかった。じゃあ、もう昼休み終わるから俺行くけど、あとでメールするから」

「……うん」

フロアの入口に隣の席の相原さんの姿を見つけ、藤澤くんが立ち上がる。そして去ろうとした瞬間に何かを思い出したように振り返ると、私に手を差し出してきた。

「そうだ佐野、俺にクッキーは？」

「あっ……ごめん、忘れてた。……はい、これ」

「お、美味《うま》そう。ありがと。羽柴《はしば》にもお礼言っといて」

「……うん」

「じゃあ、また後で」

「うん……わかった」

渡したクッキーの包みを一つ手にして、藤澤くんは嬉しそうに笑ってフロアを出て行った。

そして午後の仕事が始まり十五時を過ぎたころ、メーラーがピロンと鳴った。

『19時半にこのお店の前で待ち合わせ』

冷静さを取り戻したころに届いたそのメールには、律儀《りちぎ》にお店のホームページのURLと、場所の簡単な説明が書かれていた。


店に入って料理をオーダーし、ぽつりと「実は彼氏に振られちゃって……」と言った私に、藤澤くんは自らの恋愛傾向を語り始めた。

「俺はいつも振られるよ。彼女には、ほっとかれて寂しい、とか、そんな人だとは思わなかった……なんて言われるんだよね」

藤澤くんはそう零し、生ビールを一口飲んで溜息を吐いた。

藤澤くんに指定された店は会社から駅を挟んで反対側、飲み会でもあまり行かない場所にあるこぢんまりとしたダイニングバーだった。

暖色系の照明が店内を明るく照らし、ところどころに観葉植物が置かれている。

通されたのは半個室のソファー席で、テーブルの上には藤澤くんの生ビールと私が頼んだカシスオレンジ、それに生春巻きのサラダと若鶏の唐揚げが並んでいる。

「藤澤くんは振られたりとかしないんだろうなって……勝手に思ってた」

「いやいや、振られてばっかりだよ。でもやっぱり仕事は好きだし、忙しいのも嫌いじゃない」

「うん、そんな感じがする」

職場での藤澤くんは、いつも生き生きとしているように見える。繁忙期でも嫌な顔ひとつせず仕事をこなしているイメージだ。だけど、システムエンジニアの社員は夜遅くまで残業をすることが多い。そんな人が恋人だと、相手もいろいろと大変なのかもしれない。

「……振られたりしたとき、藤澤くんはどうするの？」

こくり、とカシスオレンジを一口飲んで、私は藤澤くんに尋《たず》ねた。

「どう、って？」

「追いかけたりとか、するのかなって」

藤澤くんはほんの少しだけ、んー、と考える素振りをしてあっさりと首を振った。

「しないよ。去る者は追わず」

「そっか……」

藤澤くんはうん、と頷き、美味しそうに一杯目のグラスを空にした。

去る者は追わず。そんなことが私にできるだろうかと思って、ズキン、と鈍く胸が痛んだ。

初めて三年近くも付き合った彼氏だったからかもしれない。けれど、振られてからすでに一ヵ月が経つと言うのに、その痛みは少しも癒《い》えずにいた。

店員におかわりのビールを注文している藤澤くんを横目に、黙ってカシスオレンジをちびりちびりと飲み込む。

すると藤澤くんが、ほんの少しだけ言いにくそうに呟《つぶや》いた。

「やっぱり合コンとかがきっかけだと、お互い理解しきれないうちに付き合っちゃうから、終わるのも早いのかもなあって最近思う」

「合コン？」

「うん」

「合コンがきっかけの彼女さんが多いの？」

「いや、付き合った数自体も多いってわけじゃないんだけど……社会人になってからは二人だけかな」

もごもごと生春巻きを頬張りながら、藤澤くんがその人数まで教えてくれる。私は、もっと多いと思ったという言葉を飲み込んで、ふと湧いた疑問を口にした。

「会社の人とかは？」

「んー……避けてる」

「どうして？」

「言っちゃなんだけどさ、もし別れたりすると……どうしてそうなったかを、よく女の人は周りに言うだろ？」

「……言うかも」

苦笑いをしながら彼が言ったことに、私は少し考えて頷いた。

確かに、よほど秘密にでもしていない限り、女性は恋人とのあれこれをよく周囲に話す。同期の菜月ちゃんも、彼氏と喧嘩《けんか》をした翌日には必ずと言っていいほど私に愚痴を言う。それがもし別れたなんてことになれば、その理由さえも女性は事細かに喋《しゃべ》ってしまうに違いない。

「それでちょっと、大学のときに嫌な思い出が……」

「そうなんだ」

「うん。まあ、それ以外でもいろいろと。だから、社内は避けてる」

いろいろと、と、彼は視線を逸らして言葉を濁した。なんだろう、と一瞬、疑問に思う。

「藤澤くんならきっと、社内でも選びたい放題なのに」

「そんなことないよ。それにたとえ選べたとしても、たぶんまた振られると思う。そういうの最近、懲《こ》りてきてるんだ」

何か事情があるようなことを匂わせつつも、藤澤くんは、ぱくんと唐揚げを口に放り込んで笑った。

「でも佐野みたいな子が相手だったら、大丈夫だろうけどね」

「大丈夫って?」

「なんとなく……口も堅そうだし」

「そうかな」

藤澤くんは箸を置き、私を見る。そして少しだけトーンを低くした声で言った。

「だから、今日のアレには驚いた。よっぽど辛いことがあったんだろうなって」

今日のアレ。

ふいに会社で泣いてしまったことに触れられて、私は思わず視線を落とした。

「……もし、元彼と別れてなかったら……今日が三年目の記念日だったんだ」

静かに話を聞いてくれるせいで、私は自分の気持ちを素直に話すことができた。

ちょうど今日は金曜日で、私は、ずいぶん前から今夜の予定を空けていた。素敵な夜になるんじゃないか、そんなことをこっそりと期待して。

「そっか……」

「うん……それで、あんな恥ずかしいことに……。今夜も、話聞いてもらってごめんなさい」

「いや、そんなことは気にしなくていいよ。でもさ、そんなに好きだったの？　その元彼のこと」

どう答えようかと考えを巡らせて、私は深く頷いた。

今までに付き合った人の数はその元彼を入れても三人だけ。

高校生のときに告白されて付き合い始めた最初の彼は、一ヵ月も経たない内に「他に好きな子ができた」と言った。

大学生のときの同級生の彼とは三ヵ月で終わった。

「大人しいね」という言葉をそのままの意味で受け止めていたけれど、あれはきっと「一緒にいても楽しくない」という意味だったのだろう。

そして先月別れた元彼とは社会人一年目のときに付き合い始めた。

四歳年上の彼はマイペースな人だったけれど、内向的な私をいつもリードしてくれた。

初めて、こんなにも長い時間を共にした人だった。春も夏も秋も冬も。全ての季節を一緒に過ごした。

油断をするとすぐに、記憶の底で渦巻いている思い出に囚《とら》われてしまいそうになる。

元彼への恋愛感情は果たして私の中で過去形になっているだろうか。そんなことを思いながら溜息を吐いた。

すると、そんな私の心の内を見抜いたのか、藤澤くんは諭《さと》すような口調で言った。

「余計なお世話かもしれないけど……辛くなるのは、佐野がその元彼にまだ執着してるからだよ。もう別れたのに、執着し続ける必要なんてある？」

「どういうこと……？」

まるで自分が物わかりの悪い生徒にでもなった気分だ。藤澤くんは教師のように、テーブルを指でコツコツと鳴らしながら説明する。

「元彼を他の人とは違う特別な存在だって思うから、嫉妬《しっと》も不安も、未練《みれん》も生まれるんだよね」

「うん……」

「けどいまはもう、そういう感情を持ち続けても辛いだけでしょ」

それは確かにそうだ。どれだけ想っても手が届かないことほど、虚《むな》しくて辛いことはない。

けれど感情は、そう理屈通りには操縦できない。

「俺は個人的には、そいつとは合わなかっただけだって思うけど……佐野はそうは思えない？」

淡々とした物言いに一瞬、人当たりの良い普段の彼が影を潜めたような感じがして私は戸惑った。

彼と恋愛の話をしたのはこれが初めてだったけれど、その考え方にどこか違和感を覚える。

「……藤澤くんは、人に執着したりすること、ないの……？」

恋愛に夢中になることはないの？　という意味を込めた質問を投げかけると、藤澤くんは少し考える素振りをして口を開いた。

「ほとんどないよ。だって俺、人に執着したくないって思ってるから」

「どうして？」

「んー……それは内緒」

あっさりと受け流されたことに拍子抜けする。

「意外と……冷めてるんだね」

「……そう？」

「頭でわかってても、感情って簡単にはコントロールできないよ……。そんなの、どうしたらいいの？」

「それは自分で考えなきゃ」

藤澤くんはずっと、優しい笑みを絶やさず話してくれている。それなのにどこか温度差を感じて、私は思わず本音を零した。

「それはそうだけど……。なんか藤澤くん、意地悪な感じがする……」

「こんなの、意地悪のうちに入らないよ」

藤澤くんは一瞬きょとんとした後、にっこりと笑顔を浮かべたかと思ったら、突然私の目を覗《のぞ》きこみ真顔で言った。

「……佐野はその元彼のこと、好きだったんじゃなくって、まだいっぱい、好きなんだね」

その言葉の意味を理解したとき、ぶわ、と視界が滲んだ。

藤澤くんの言う通りだった。きっと私の中で、あの人のことはまだ過去形になっていない。だからこそ、元彼に言われた言葉が、胸にざっくりと突き刺さって抜けずにいるのだろう。

元彼に指摘された自分の真面目な部分も、そもそも自分のことさえも、大嫌いになってしまいそうだった。

「こういうのが意地悪なんじゃない？　……って、あれ、佐野……？」

「……っ、……そんなこと、言わないでよ……」

「あっ……！　ごめん、つい……！　あああ、泣くなよー」

「……ああもう、私、みっともない……」

いい歳をして、一度どころか二度までも同僚の前で涙を見せてしまうなんて。

ぐっ、と歯を食いしばって涙を堪えようとしている私に、藤澤くんが何度も謝りながらメニュー表を差し出した。

「ほんっとにごめん！　なんか思わず、ムキになってしまったというか――」

「……ムキ？」

「いや、何でもない。佐野、飲もう！　こういう時は思い切って、いつもと違うことするといいんだよ」

「違うこと？」

「そう、ヤケ酒飲むとか」

「……ヤケ酒……」

考え込む私をよそに、藤澤くんはメニュー表に書かれた、女性に人気、という欄を指差している。

「飲み物なくなりそうだし何か頼もう。何がいい？」

「……じゃあ、これ。柚子《ゆず》ハイボール」

「よし、俺も付き合うから！」

元彼のことをまだ忘れることができていないと自覚させられた途端、心の傷痕がズキズキと痛みを増した。

真面目すぎてつまらない。

頭の中で何度も響くその声に反発するように、ヤケ酒してやる！　と決意する。

そして、運ばれてきた柚子ハイボールを立て続けに何杯か飲んだところで、私の記憶はぷっつりと途切れてしまった。


気がつくと、私は見覚えのない暗い部屋のベッドの上で横になっていた。ぐらん、と視界が揺れる感覚がして瞼を擦る。

数秒経ち、暗闇に慣れた目に見えたのは茶と黒をベースにしたシンプルなインテリア、大きな本棚に、ガラスの座卓。音量が抑えられたテレビが暗い室内をちらちらと照らしていて、その前にある一人掛けのソファーには逆光になった黒い人影が見えた。

その後ろ姿が藤澤くんだとわかって、私は慌てて飛び起きた。

「ふ、藤澤くん⁉　あの、私……」

「あ、起きた。大丈夫？」

「わたし、……えっと……え……っと？」

「いや、佐野、店でつぶれちゃってさ。家わかんないし、起きないし。とりあえずうちに運んだ」

「え、……全然、記憶が……。ご、ごめん……！」

混乱して、ぐあんぐあんと頭の中が揺れているように感じる。実際に体も揺れているかもしれない。

曖昧《あいまい》で頼りない記憶を必死に手繰《たぐ》り寄せるけれど、どう頑張ってもお店でお酒を注文したあたりで呆気《あっけ》なく途絶《とだ》えている。

成り行きでそうなってしまったとはいえ、付き合ってもいない異性の部屋に二人でいる事に動揺していると、それを察したらしい藤澤くんが優しく笑った。

「断じて、決して、天に誓って何もしてないから、安心して」

「そ、そっか……」

そこまで断言されると逆に複雑な気持ちになった。あの人にも、「芽衣にはそそられるような色っぽさが足りない」と言われたことがある。私はそんなにも色気がない女なのだろうか。

お酒のせいで目の前がぼんやりと曇っていて、どこかで現実を見失ってしまったような感覚に視線を彷徨《さまよ》わせると、藤澤くんは心配そうに私の様子を見た。

「ごめんな、佐野、酒弱いのに。ハイボールって飲みやすいけど結構くるんだよね」

「ううん、調子に乗った私が悪いの……ごめんね」

「いや、泣かせちゃったし……いつもと違うことしろとか無責任なことまで言って、こっちこそ悪かった」

「……私も、真面目じゃないことしてみたらいいのかなって、つい思っちゃって」

そう言ったところで私は自分を支える気力を失い、酔いの残る体を無遠慮にベッドに沈ませた。

ふわりと、男の人の匂いが鼻をくすぐる。

「え？」

よく聞き取れなかったのか、藤澤くんがベッドに倒れた私を見た。微《かす》かに流れてくるテレビ番組の笑い声に、自分の情けなさが煽《あお》られる。

「私ね……真面目すぎてつまらないって、元彼に振られたんだ……」

「真面目すぎて？」

「うん」

見慣れない天井に向かってぽつりと呟く。

あの日、三年近くなっていた彼とのお付き合いは、三十分にも満たない電話で幕を閉じた。

「見る目のない男だな、そいつは」

「……ありがと……」

少し気まずい空気の中、また高ぶりそうになる感情を抑えるために、私はこっそり深呼吸した。

そして普段だったら絶対に言わない、けれどどうしようもなく不安で誰かに聞いて欲しい言葉が、お酒の力に引き出されるようにして零れ落ちた。

「それに……、私とする……エッチがね、つまんなかったんだって」

電話口で彼は、ついで、という風に言っていたけれど、今考えてみれば本当の理由はこっちだったのかもしれない。

「エッ……」

「……なに？」

「いや。佐野の口からそんな単語が出るとは……」

「……藤澤くん。私、そんなに色気ないかな……？　芽衣は真面目すぎてつまらない。エッチもつまらない。それに色気もないしな……って」

あの人の口ぶりに、自分が誰かと比べられているような感じを受けた。

「確かに経験、ほとんどないし……それにエッチしてても……あんまり気持ちよくないっていうか……」

「何を言い出してんだ、酔っ払い。……いいから寝てなさい」

藤澤くんの目が泳ぎ、狼狽《ろうばい》しているのが伝わってくる。

私は少しムキになりながら言葉を続けた。

「どこか体、変なのかな……？　藤澤くんの今までの彼女とかは……どうだった？」

「おいおい、芽衣ちゃん」

不穏な空気を感じたのか、藤澤くんは茶化《ちゃか》した口調で私の言葉を遮《さえぎ》ろうとする。

それでも私は、再び口を開いた。固く閉ざしていた感情を晒《さら》けだしたせいか、自分の中に芽生えた切実な願いを飲み込むことができない。

「……藤澤くん、迷惑じゃなかったら……私に、教えて……」

「なに？　教えてって――」

「どうやったら、色気、身につくか……いい女になれるか……経験値、上げたい。……教えて、欲しい」

何かに操《あやつ》られているように口走る私の前で、藤澤くんが言葉を失う。

理性の欠片《かけら》が警鐘を鳴らすのを無視してベッドに身を起こすと、体の芯《しん》が溶けたような酔いに任せてカーディガンのボタンに指を伸ばし、その小さなボタンを、ぷち、ぷち、と外した。

「佐野……」

これまでの自分だったら考えられないようなことをしている。そう思うと、心臓がバクバクした。けれど私はもう、自分の指を止めることさえできずにいた。

「いつも、あの人に気持ちよくなって欲しいって……そればっかり考えて、でも焦って、うまくいかなかった……」

「……佐野、話は聞くけど、それはマズいよ」

「なんで……？」

「なんでって……こら、ストップ！」

藤澤くんは慌てて掛け布団を引っ張って、私をその中にくるんでしまおうとしている。けれどその制止にも応じられないほど、私の気持ちは切羽詰《せっぱつ》まっていた。

誰でもいいから教えて欲しい。どうすればあの人が好きだと思う女でいられたのかを。どうすれば愛される女になれるのかを。そして自分を否定された虚しさを消し去りたかった。

上着の全てのボタンを外し、カーディガンからもブラウスからも腕を抜く。淡い桜色のキャミソールの肩紐《かたひも》をずらして頭から脱ぎ去ると、ブラジャーに包まれた控え目な胸が外気に晒された。

「佐野、ダメだって……！」

「……どうして……？　やっぱり、色気、ない……？」

「いや、そういう意味じゃ……俺も酔ってるし、危ないって意味で……」

藤澤くんは壁の方に目を逸らしながら、必死に私を止めようとしていた。けれどそれが今の私には、堪らなく悲しいことに思えた。

「あの人は、私が不感症なんじゃないかって。どんなに触っても、あんまり濡《ぬ》れないしって……」

今まで誰にも相談出来ず、胸にしまいこんでいたこと。

本当はすごく悩んだ。けれどきっと、経験の浅い自分の体がいけないのだと思った。うまく応えることもできない自分が悪い。

「そんなんじゃ……そそられないって……全然、い……いか、ないしって」

震える声で言うと、藤澤くんは少しだけこちらを振り向いて怪訝《けげん》そうな表情をした。

テレビの音が静かになって、部屋の中に沈黙が流れる。

「だから、変わりたい。真面目でつまんない女なんて、もう言われたくない……。お願い……教えて」

縋《すが》るような声が、暗い部屋の中に吸い込まれていく。

一体何を教えて欲しいのかなど、自分でもよくわからない。けれど振られてしまった以上、今のままの自分では駄目なのだ。

「……佐野」

その声に導かれるように、ベッド脇に座る藤澤くんを見た。

「何を……教えて欲しいの？」

藤澤くんの声には少しの軽蔑《けいべつ》も感じられなくて、私は安堵《あんど》して自分の願いを口にした。

「……エッチも上手で……色気のある女の人になりたい。違う自分になりたい……。彼を……見返せちゃうくらいの……」

「見返したいんだ」

「……うん」

「自分が何言ってるか、わかってる？」

「……うん」

どこか試すような口調で尋ねられる。

さっきまで漠然としていた願いは、いつの間にか心の中でしっかりと形を作り始めていた。

地味で目立たなくて、女としての魅力に欠けている、そんな自分のコンプレックスをなくしたい。

真面目じゃなくて、色気があって、エッチがつまらなくない、そんな自分になれれば、元彼は私を見直してくれるのではないだろうか。少なくとも、この情けない自己嫌悪は薄れる気がした。

「これ以上頷かれたら、俺、誘惑に乗るよ」

テレビの灯りが藤澤くんのシルエットをくっきりと浮き上がらせている。

他の人だったら怖くてこんなことは言い出せない。けれど藤澤くんなら大丈夫だと、私は何故《なぜ》か確信していた。

こくり、とゆっくり頷いた私に、藤澤くんが重い口を開く。

「でも……なんで俺？　自分から……男を誘惑するなんて、佐野には向いてない気がするけど」

「藤澤くんは優しいし……それに……さっき人には執着しないって言ってたから……」

「え……？」

普段の藤澤くんを知る限り、どう考えても危険な匂いはしない。

それに、〝執着しない〟と言った彼ならば、こんなおかしな頼みごとも割り切って受け止めてくれるのではないか。

そんなことを思いながらぽつりぽつりと理由を吐露《とろ》すると、くすり、と場違いな笑い声が耳に届いた。

「ああ……そういうことか。単に頼られてるんだって勘違《かんちが》いするところだった」

「え？」

「俺は手近で、経験積めて、深入りもされない。そのうえ後腐《あとくさ》れもなさそうで好都合ってこと？」

「えっ……!?　そ、そんな意味じゃ――」

藤澤くんの口調が突然冷やかになって、私は戸惑った。逆光になっていて表情が読み取れない。けれど心臓は、図星だと告げるように、どきん、と強く跳ねた。

もしかしたら何か彼の癇《かん》に障《さわ》ることを言ってしまったのかもしれない。さっきまで藤澤くんから感じていた、優しさや同情が一瞬にして消えた。

「佐野、意外とズルいね。それにもう十分エッチだ。同僚にこんないやらしい頼みごとするなんて」

「っ……」

「俺は優しいからひどいこともされない、執着心なくて面倒なことにはならないだろうって思った？」

「そ、そんなこと……」

そこまで口にして、私は言葉を失った。

そんなことは少しも思っていないと、完全には言い切れない気がしたからだ。

「佐野はずいぶんと俺のこと舐《な》めてるみたいだね」

二の句が継《つ》げず体を強張《こわば》らせている私の掌に、ベッド脇から伸ばされた彼の手が触れる。不穏な胸騒ぎがして、ぱっ、とその手から逃げようとしたけれど、すぐに手首が摑まれた。

「さっき店で、会社の人は避けてるって言ったの、覚えてる？」

「……お、覚え、てる」

「俺ね、Sなんだ」

シルエットがゆらりと動く。ぎしり、とスプリングを軋《きし》ませて、藤澤くんがベッドに上がって来た。

迫り来るその姿に思考は乱れ、鼓動《こどう》が速くなる。

藤澤くんの言う「エス」がどんなものなのか想像できずにいると、彼は口の端を持ち上げて私に教えた。

「俺さ、女が恥ずかしがるのを見るの好きだし、拘束したりいたぶったりするのも好き。要するに、虐《いじ》めるのが好きなんだ」

意味もわからないままに顔だけが熱くなる。今、とんでもないことを告げられつつあることだけはよくわかった。

会社で先輩のからかいの餌食《えじき》になっている藤澤くんと、女の子を虐めるのが好きだという藤澤くんとが頭の中で全く一致しない。

「でも付き合う子にはだいたい引かれる。優しい人だと思ったのにって。それで後腐れのありそうな同僚は避けてたんだけど……佐野、何回も俺のスイッチに触ってくるからさ」

「ス、スイッチ……？」

「Sのスイッチ」

「エ、スの……？」

「〝意外と冷めてる〟〝優しい〟なんて台詞《せりふ》は俺にとってトラウマなんだよ。それに俺なら安全だと思ったんだろうけど、見当違い。さっきから佐野のこと虐めたくてしょうがない」

この人は一体、誰？

思わずそう感じてしまうほどに、目の前の藤澤くんは、いつもの彼とは別人だった。

口調が違う。笑い方も、近寄られてようやくはっきりしたその表情も。

「ごめんね。そこまで舐められてると、俺は安全でも優しくもないってこと思い知らせたくなるし……我慢ももう限界」

謝罪とは裏腹に不敵な笑みを浮かべた藤澤くんの指が、剝《む》き出《だ》しになっていた私の肩のラインをなぞる。妖《あや》しいその感触に、ぞわりと肌が粟立《あわだ》った。

気が付けば私は無意識のうちに、自らの体を両手で抱きかかえていた。

「もしかして怖い？　まぁ……佐野は〝真面目〟だし、怖気《おじけ》づいてもしょうがないか」

嘲笑《あざわら》うような挑発的な声に、私は唇をきゅっ、と噛んだ。

心臓が、緊張に締め付けられて痛い。

自分は今にも、平凡で真っ平らな道を踏み外そうとしている。そんな予感にめまいがした。けれど私は、いつもと違うこと、今までの自分だったら絶対に選ばない道に自ら足を踏み入れようとしていた。

「……怖くなんか、ない」

目を逸らしたまま首を横に振る。

藤澤くんは、私の気持ちを見透かすようにふっと笑い、そして前触れもなく掛け布団を捲《めく》ると、ブラジャーをつけたままの私の胸に手をのせた。

ひやっ、とした指の感触に思わず息を飲む。

「やっぱりやめる？」

挑発には乗るまいと、私は再び首を振った。けれどそのほとんどは見破られている通り、ただの虚勢だった。

「強がるなぁ」

真っ直ぐに目を合わすことも出来ずにいる私を見て呟くと、藤澤くんはベッドを軋ませ床に降り、本棚の脇にある棚をあさった。

藤澤くんの動きから目が離せない。布団の端をぎゅうと握り締めながら見ていると、彼は黒いビニールテープを手にして再びベッドに上がってきた。

ぎし、ぎし、という音をさせながら近寄られて、得体の知れない不安が増す。

「な、何……？　それ……」

「これで拘束する。なんか佐野、逃げそうだから」

そう言うが早いか、彼の腕は私の体を強引にうつ伏せにさせた。

「あっ……！」

「まあ、逃げないって言われても同じことするから、ただの口実だけど」

頬は布団に埋まり、藤澤くんの様子をうかがい知ることもできない。

両方の手首が摑まれ、そのままぐっと背中で束ねられた。

「嫌っ……！　何っ……!?」

脚をばたつかせて逃れようとすると、腕の関節が小さく悲鳴を上げた。

ビッ、とテープが剝《は》がされる音がする。素肌を晒していた腕の先に、ぺたりとテープが巻きつけられた。

最初、右の手首と左の腕に絡みついたテープが、ぐるり、ぐるりと少しずつ場所を変え、左の手首に向かっていく。

「やっ！　やめ……！」

指先に反対の腕の肘が触れる。

起き上がろうにも、藤澤くんの腕に背中を強く押さえ付けられているせいで、もがくことしかできない。

今度は左の手首から右の手首に向けてテープが巻かれ、上半身の自由はあっという間に奪われてしまった。

パニックを起こしたように心臓がバクバクと暴れる。布団に顔を埋めたままませわしない息を吐いていると、藤澤くんは私の体を起こして言った。

「さっきの〝怖くない〟は嘘？　佐野はズルい上に嘘つきなのか？」

聞いたこともない声音が耳を打つ。目を逸らしていると、顔を覗きこまれた。

「返事しろ」

耳の奥まで響いてくるような低い声。突然の命令口調に、私は思わず言葉を返した。

「……っ、う、嘘じゃ、なかった……けどっ……」

「腕、痛くないよな」

「痛くはない……、けど……！」

「けど？」

「こ、こんなの……！」

「こんなの？」

「お……おかしい、よ……！」

私をつまらないと言って振った元彼以外の男性を、私はほとんど知らない。だから、いま自分の身に起きていることをうまく理解できずにいた。

ひどく異常なことが行われているとしか思えない。

確かに私は合意した。けれどそれは、きちんとその意味を理解できていなかったからだ。

「ほんとに経験少ないんだな」

藤澤くんの声が耳をくすぐる。

「でも、自分で脱いで誘った以上、人にとやかく文句は言えないんじゃない？」

藤澤くんの視線の先を目で追って、私はようやく、自分が上半身にブラジャーしか着けていないことを思い出した。

「あっ……！」

藤澤くんの指先が、直接、乳房の丘の薄い皮膚に触れた。

今さら後悔してももう遅い。けれど、想像していたこととはあまりに違い過ぎて、私は猛烈な戸惑いに息を飲むと、思わず救いを求めるようにして藤澤くんを見た。

「なに？　今さら恥ずかしくなった？」

「……っ」

かあっ、と頬が紅潮する。自分がしたことの重大さに気が遠くなりそうだ。

息を殺して俯くと、藤澤くんは私の後ろ髪を掴み、顔を上げさせて言った。

「佐野、俺はいま質問したんだよ。自分の感情、思ったこと、ちゃんと答えろ」

また、命令。

私は再び、知らない人を目の前にしているような気持ちになった。

ペースは完全に、藤澤くんのものだった。

理性がほとんど役に立たなくなっている中、私は操られたように藤澤くんの言葉に従った。

「は、恥ずかしい……！　こんなことしてるなんて……っ」

すると体は抱き締められ、頭に、ぽんと掌が降ってきた。

ふいにもたらされた柔らかな感触に心がざわつく。

次の瞬間、背中に回された藤澤くんの指が、ぷちん、とブラジャーのホックを外した。

「あっ」

守る物を失った乳房に掌が覆《おお》いかぶさる。

首筋に唇が密着して、同時に乳首にぴりりとした痺《しび》れが走った。

「や……や、めっ……！」

視線を落とすと、露《あら》わになった両方の胸の頂きを、藤澤くんの掌が転がしているのが見えた。まるで壊れ物を扱うようなゆっくりとした動きが、くすぐったさに似た快感を送り込んでくる。

「ぁ……っ」

その刺激に力が抜けて小さな声を上げてしまうと、彼は耳元でくすりと笑いながら囁《ささや》いた。

「……喘《あえ》ぎ声、出たな」

精一杯の抵抗をするように口をつぐみ、藤澤くんから逃げるように身を屈《かが》める。けれどそれはなんの効果もなかった。

顎《あご》が摑まれ上を向かされる。

恐る恐る瞼を開くと、射抜くような鋭い視線と目が合った。

「まだわからない？　無駄だって」

「ぁ……、やっ……！」

藤澤くんの指先が再び乳首を捕え、柔らかさを確かめるように、くに、と突つく。触れるか触れないかギリギリのところで掌と擦り合わされると、勝手に息が上がり吐息が漏れた。

「ふ……っ」

耳に届く自分の声に、私は困惑していた。

混乱と恥辱に惑わされたかのように、自分でも驚くほど体は敏感になっているようだった。

首筋を、かぷ、と嚙まれ、皮膚に舌先が這わされる。顔を逸らすとそのまま舌は首筋をなぞって上へと登り、湿っぽい音とともに耳朶《みみたぶ》が口に含まれた。

「っ、だ、め……！」

今まで経験したことのある愛撫と何かが決定的に違う気がする。けれど何が違うかがはっきりとわからない。

「駄目って、何が？」

「こっ……声、出るの……恥ずかし……っ」

「そんなことが？　可愛いな」

ひどく追い詰められているような気がして、私はうろたえながら唇を噛み、しきりに首を振った。

「可愛すぎて、もっといやらしく喘がせたくなる」

今まで自分が知っていた藤澤くんと同じ人物だとは思えないほど、その声は秘めごとの匂いを大いに孕《はら》んでいた。

「……っ！」

暗がりに包まれた視界の中、藤澤くんが胸の先端を口に含む。

「動くな」

ふいに強まった刺激に体を捩《よじ》ると、その動きを叱るような声が届いた。

鼓動はどんどん加速し、息が荒くなる。

ついさっき藤澤くんに感じた違和感の正体がぼんやりと見えた気がして、ぞくりと全身が戦慄《おのの》いた。

「佐野……乳首たってる」

「え、あ……い、いやっ……！」

言葉の意味を理解するのに一瞬の間が空く。胸を見ると、濡れた乳首がぷくりと赤く腫《は》れていた。

ざぶん、と羞恥《しゅうち》の波が襲い来る。見られたくない部分を隠そうともがいても不自由な上半身は呆気なく藤澤くんの腕に捕まり、私はただ瞼をきつく閉じ顔を背けた。

「嫌？」

「う、うんっ……！　……恥ずか、しい……っ」

「恥ずかしいだけとは思えないんだけど」

「っ……」

「喘ぎ声が出るのはなんで？」

重ねられる質問に、藤澤くんから受ける違和感の正体がよりはっきりと見えてきた。

原因は彼の性癖にあるのかもしれないし、私の経験のなさからくるのかもしれない。

それは一言で言えば、ねっとりと絡みつくような執拗《しつよう》さ。私に快感を与えるためならいくらでも責めることができるという、そんな意志さえ感じる。

そして、藤澤くんの一言一言が逃げ道を奪っていく。そのことに私は、自分が激しく求められているのだと錯覚してしまっていた。

はっ、と荒く、止まっていた息を吐き出す。

藤澤くんの視線から逃げ、返答を拒否するように大きく首を振った。

ひどいことをされていると思っている。それなのに、体の奥にはじくじくと、微熱が溜まっていくような感覚がある。だから藤澤くんの質問は素直に答えることのできない、図星を突いたものだった。

「言うことが聞けないやつだな」

呆れたように呟いて、藤澤くんは私の体をうつ伏せにした。

お腹の下に彼の腿が当たる。

「ちゃんと答えろって言ったの、もう忘れた？」

「え……っ!?」

そう言うが早いか、藤澤くんの手がスカートの布地を捲りショーツをずり下げた。

剝き出しになったお尻の曲線が、ゆっくりと撫でられる。

「あれは頼みごとじゃなくて、命令」

その台詞の意味を理解する間もなく、丸みに触れていた掌が離れ、次の瞬間、バシン！　と乾いた音を立てて、強くお尻が叩かれた。

「いっ……!!」

「これは言うことを聞かなかった、罰」

泣き叫ぶほどの激痛ではなかったけれど、突然の出来ごとに頭がついていかない。

叩いた場所を撫でていた手が離れ、再び衝撃が走る。

「ン!!」

「痛い？」

短い間隔で叩かれる音が、暗い部屋に何度も響く。

全身を駆けていくじんじんと痺れるような痛みよりも、幼子のように叱られている屈辱と動揺のほうが大きい。

私は降参を表すように頷いた。

荒い息が絶えず口から漏れる。

「い、っ……痛い……！」

ようやく止まった手に安堵しそうになっていると、そのままその手は私のお尻を揉んだ。

「じゃあ、これは？」

藤澤くんが返答を待っているのがわかった。

痛みが通り過ぎたお尻も、頭も、熱を持って痺れてしまっている。

押し黙ればまた罰が与えられるかもしれない。

「い……痛くは、ない……」

絞り出すように答える。すると私の中の葛藤を見透かしたかのように、頭上からくすり、と笑い声が聞こえ、藤澤くんの手が体の下に潜り込んできた。

お腹が藤澤くんの腿に乗って浮いているせいで、簡単に乳首を見つけられる。

きゅうっ、と軽く摘まれると、体の芯がじわりと火照《ほて》り始めた。

「あ、ぅ……っ」

「じゃあ、これは？」

「……！」

「これは？」

思わず漏れてしまいそうになる喘ぎ声を必死に殺さなければいけないほど、それははっきりとした快感だった。

藤澤くんの意図を察して息を飲んだ。

確信めいた予感がする。答えなければきっとまた、お尻を叩かれてしまう。

「痛く……ない」

「それだけ？」

くすくすとからかうように笑われて耳が痛い。

乳首に触れられるたびに跳ね上がりそうになる腰を抑えていると、また、お尻に衝撃が走った。

「ッ……！」

「質問の意味、ちゃんとわかってるくせに。答えないと何回でも繰り返すよ」

「……言う……！　言う、から」

素直に答えない私を叱るようにして打ちつけられていた手が止まる。

お尻が熱い。頭がくらくらする。私は何度も口を開けては閉じ、そしてようやく呟いた。

「き……きもち、いい……」

それは嘘も誇張もない本当の気持ちだった。

今まで経験したことがないほどに、下腹がじくじくと疼《うず》いている。

そんなはしたないことを口にした自分を恥じていると、藤澤くんは後ろから私を抱き起こした。

「感じてるんだ？」

彼は侮蔑《ぶべつ》も嘲《あざけ》りも感じさせない声で言った。

激しい呼吸の中で、質問の答えを探す。

「……か……感じて、る……」

私は秘めごとを告白するような小声で、頷いた。

「よく言えたね。ご褒美《ほうび》、あげなきゃな」

「ご褒美……？」

普段聞くよりもずっと優しい声が聞こえ、背後から体に腕を回された。

ふいにもたらされた甘い抱擁《ほうよう》に、きゅう、と心臓が締めつけられる。

状況はなに一つとして変わっていないというのに、私は何故か安堵に似た感情を抱きながら、藤澤くんの胸に寄りかかっていた。

後ろから伸ばされた手が太腿を這い、スカートの下に潜り込む。

感じていると認めてしまったせいだろうか。体は素直すぎるほどに与えられる刺激を受け入れ、思考はすっかり淫《みだ》らな色に染まっていた。

「や……」

「……閉じるなよ」

手の動きに、反射的に脚を閉じようとする。けれど、それは呆気ないほどあっさりと制されてしまった。

「……ッ、は……恥ずかしい、よぉ……！」

後ろから左の膝の裏を強く摑まれ、ぐいっ、と引かれる。すると脚は簡単に開かれ、捲れ上がったスカートから太腿が露出した。

息が上がる。顔がひどく熱い。眼下で乱れる足がまるで他人のもののようだ。

「……ものすごく興奮する。酔ってるし、理性、全然働かない」

藤澤くんの手は少しも躊躇《ちゅうちょ》することなく、スカートの裾を波立たせながら、どんどん足の付け根に迫ってきていた。

その侵攻に抗《あらが》って膝を閉じようとすると、耳朶を嚙まれ再び静かに囁かれる。

「閉じるなって言っただろ？　右の膝も立てて、脚開け」

熱のこもった吐息が耳にかかり、思考が奪われていく。

藤澤くんの興奮に当てられたかのように、私は言われた通り、かすかに震える脚をゆっくりと開いた。

「……いい子だ」

柔らかく頭が撫でられ、首筋に、唇の温かい感触がした。

ああこれは飴《あめ》と鞭《むち》だ、とうっすら思う。

涙が出るほど恥ずかしい。それなのに拒否するという選択肢を選べない。

従ったあとに与えられる藤澤くんの、熱っぽくて優しげな声音を想像して、私の胸は勝手に高鳴っていた。

触れやすくなったのをいいことに、手はすぐ秘部にまで迫る。ずり下げられ、なかば脱げかけていたショーツの隙間に潜ると、彼の指は花弁のふちに触れた。

「それにしても、佐野……お前さ、虐め甲斐《がい》があるよ」

「どう、いう……」

「自分が濡れてるって気づいてる？」

「え……？」

「少し触っただけでわかるくらい濡れてる。ちゃんと確かめようか」

指がより奥へと伸びて、私は咄嗟《とっさ》に身構えた。

谷間に浅く埋められた指先が、くちゅ、と小さな音を鳴らす。

「ほら、これ、聞こえる？」

「んッ……！」

「返事は？」

「き、聞こえ、る」

「興奮して気持ち良くなって、こんなに濡らしたんだ」

その言葉を認めるのに抵抗を覚えながらも、こくりと頷く。

正直に答えたことを褒めているのか、再び頭を撫でられると、掌の温度がじわりと胸に広がっていった。

いままで、相手に悪いからと感じているふりをしたことはある。けれどいま、私は少しの嘘も言ってはいなかった。

じんじんと体は疼きを増す。触れられた個所から生まれた熱が、全身を包みこんでいくようだった。

「……あッ」

粘液をたたえたその溝を、指先が繰り返し執拗に往復する。

時折、偶然なのかわざとなのか、花芯に触れられるたびに腰が跳ねた。

「ふあっ……！」

藤澤くんの指先がくにくにとしこりを弄《いじ》り始めると、呂律《ろれつ》の回らない間抜けな声が出た。

どんどんと追い詰められていく感覚に小さく悲鳴を上げる。

「や、あ……ッ！」

背中に、藤澤くんの服が触れた。今さらながら自分だけが服を脱ぎ、乱れていることに気づき、羞恥心を煽られる。

それなのに私は、自由を奪われた上半身をよじりながらも、藤澤くんに言われた通り必死で脚を閉じないようにしていた。

「偉いよ、佐野。ちゃんと俺の言うこと聞いて。〝真面目〟とかじゃなくて……従順で、ものすごく可愛い」

首に、鎖骨に、肩に、キスが落とされる。

けれど藤澤くんは、愛《め》でるような仕草とは裏腹な、意地の悪い質問を投げかけてきた。

「佐野。ここのナカに指、欲しい？」

指先が秘唇をねっとりとなぞる。

声を殺し、思わず首を振る私を裏切って、そこは勝手にきゅうと疼いた。

「ヒクついた。ほんとに虐め甲斐があるなー……」

「い、入れない、で……っ！」

貪欲な体の反応も、一瞬、欲しいと思ってしまった心も、藤澤くんにはわかってしまったようだった。

くぷ、と入口に指があてがわれる。

息を飲んだ私の耳元で、藤澤くんはくすりと笑って言った。

「駄目」

「あぁぁっ……!!　ンッッ……！」

「入っちゃったね、佐野」

ずるりっ、と藤澤くんの指が膣口を割り開き、深く体内へと潜り込む。

信じられないほどに気持ちがいい。伸びをする猫のように背筋が自然に反って、思わず自らの肘に爪を立てた。

藤澤くんの手が小刻みに動かされるたび、掌の付け根が敏感な尖りを刺激して、私は堪らず高い声を上げてしまう。

「ツ……！　あっ……！」

壁に映る、二人分の影が小刻みに揺れている。

体からはじりじりと抵抗が奪われていき、抗いの言葉さえ発することができない。

藤澤くんは楽しそうに、その手をより一層私に押し付け動かし続けた。

もう片方の手は胸を揉み始め、指の間で乳首を挟まれるたびにじんっ、と甘い痺れが体内を駆け巡る。

「お、おかしく……なっちゃう、よ……ッ！　や……ッ、そんな……！」

「俺、ちゃんと言ったよな。恥ずかしがるのを見るのが好き。いたぶりたいって。佐野がおかしくなるなら、俺の望み通り」

「ン、ぁ……ッ!!」

「ナカが締まった」

「や、だ……！」

勢いを増していく指がぐちゅぐちゅと膣内を掻き回す。莢《さや》が擦られ、乳首が摘ままれる。

次第に快感の嵩《かさ》が増してきているのがはっきりとわかった。

同時に、自分が達してしまいそうになっていることも。

「あ、ア！　……ッ、だ、だめっ」

「なにが？」

「……っ、……か、……かんじ、ちゃう……！」

「……感じてるんだ」

「う、ん……ッ」

学習したとおりに勇気を出して、嘘偽りのない本音を口にする。

けれど、藤澤くんは鋭く間違いを指摘した。

「でも少し違うだろ」

「っ……ぁ、ち、ちが……う？」

「イキそう、の間違いだと思うけど？」

その指摘に、どくんと心臓が鳴った。

「ナカがヒクついてるからイキそうなのかと思ったけど、違った？」

確かな証拠を握っているかのように告げられる。

徐々に追い詰められ、身の置きどころがなくなるような感覚に、違う、と言えない。

「思ってることはきちんと言うんじゃなかったっけ」

躊躇なく奥を突く指の動きに、喘ぎ声を止めることもできない。

恥ずかしいと言えるような次元から、もうとっくに後戻りできないところにまで来てしまったことを、私はようやく理解した。

「……い……」

「ん？」

「……いっちゃ……い、そう……っ」

「もう一回、ちゃんと言え」

「っ、……い、……いっちゃい、そう……！」

誘導されるがまま正直にそう答えると、唇を耳朶に触れるほど近づけ、藤澤くんは笑いながら囁いた。

「……佐野。お前、マゾだったりして」

「なっ……ちが……！」

「まあ、どっちでもいいよ。俺がそう調教するから」

「ちょ……ちょう、きょう……？」

喘ぎ声にまみれながらようやく聞き返す。思考回路は完全に錯綜しきっていた。

馴染みのない単語が頭の中でようやく意味をなして、その妖しげな響きに背筋が震える。

するとふいに、彼は体を動かし、ベッド脇に転がっていた私の鞄をあさった。

「ああ、あった」

「……え……？」

鞄から取り出された私の携帯が、パタンと開かれる。

自分の中に留まり続けている指の感触に意識を朦朧《もうろう》とさせていると、突然、ピピッと軽快な電子音が鳴った。

「な、に……？」

「録音するんだよ、佐野の、いやらしい声を」

台詞を理解するより早く、藤澤くんの指が再び膣内を抉《えぐ》り、私は思わず小さな悲鳴を上げた。

「続けようか。イッていいよ、佐野」

「え、あ……!! だ、め……ッッ!! やだッ……! やっ! とめて……!!」

暗がりの中、携帯は録音中の赤いランプをピカピカと点滅させていた。

ビニールテープに自由を奪われた腕ではなすすべもなく、せめて、と膝を閉じ藤澤くんの腕を挟む。けれどそんなささやかな抵抗などおかまいなしに、内壁を掻き混ぜる指は速度と激しさを増した。

ぐじゅぐじゅと熟《う》れた果物を潰すような音が聞こえてくる。

現実に引き戻されていた体があっという間に興奮を取り戻し、暴発しそうなほどに快感が溜まっていく。

「佐野、命令。イクってちゃんと言えよ」

「あぅ……っ! んっ、や、だ……っ!」

「それとも無理矢理イかされたい？」

「おねが……ッ、携帯、とめ……! っん、あ……っ、ア……!!」

目前にまで迫った絶頂を、もう私は避けられそうになかった。だからせめて、携帯だけでも止めて欲しいと懇願《こんがん》する。

「質問の答えになってない。電気も全部つけて、動画にするか」

「ン、ぅあ、あッ！ それ、は……っ!!」

「だったらほら、イクって、言えるよな？」

その時、とうとう理性が快楽に負けた。

耳元に吹き込まれる言葉がそのまま脳に浸透し、私は喘ぎ声と共にその一言を口にした。

「……ッ、い……ちゃ、う……っっ!!」

その瞬間、羞恥も我慢も、まるごとどこかへ消え去ってしまった。

声が大きくなる。膝を擦り合わせて激流に耐えようとしたけれど、漏れ出す嬌声を抑えることはできなかった。

体内を掻き回し花芽を刺激するその執拗な指の動きを見て思った。イッてしまうのではなく、イかされるのだと。

太腿が震え全身がこわばる。体の中で暴れ回っていた熱の塊が、一気にはじけ飛んだ。

「ふ、あっ……!!　ア……ッ……!!」

「………佐野の昔の男、相当もったいないことしたなぁ」

荒い息の向こう側で、藤澤くんが誰にともなく呟いた。

指が抜かれる感覚にぴくりと一度だけ反応する。力の抜け切った体を胸に預けていると、しばらくして彼は柔らかく私の頭を撫でた。

嵐が去ったあとのような妙な静けさが部屋の中に漂っている。

ちらりと机の上を見ると、携帯がいまだ赤くランプを光らせていて、私は思わず目を背けた。

藤澤くんが手を伸ばし、携帯のボタンを操作する。

間もなく、思わず耳を塞ぎたくなるような自分の喘ぎ声がスピーカーから流れてきた。

「ッ！　や、やめて……！　消して……！」

「絶対に消すなよ。命令だ」

音声を停止させると、藤澤くんはにこりと笑った。

笑顔と命令のギャップに言葉を詰まらせる。彼に従わなければ、きっとまた何かが自分に跳ね返ってくるに違いない。

「それにしても、意外なほど楽しめた。佐野のいやらしい誘惑のお陰で」

「………お願い……そんなこと言わないで……」

「自分から誘って、自分だけ感じて、イって、今さら何言ってんだか」

藤澤くんは直接的な快感を得ていない。けれどそれは、きっとわざとだと思った。すべては自分一人達してしまった羞恥を私に与えるためではないだろうか。

ぺりりっ、と音を立てて腕に巻きつけられていたビニールテープが剥がされる。

藤澤くんは、自由になった私の手に携帯を渡して言った。

「佐野。俺にメールして」

「メール……？」

促《うなが》されるままに藤澤くんのアドレスを入れ、本文に差し掛かったところでちらりと視線を送ると、彼は、「思い出して」と言った。

「脚、閉じるなって命令したの、覚えてる？」

藤澤くんの指が、サラサラと私の髪を梳《す》く。

薄靄《うすもや》がかかったような記憶の中、命令に背いた自分の行動を思い出し、私は慌てた。

「イク時、脚閉じたよな」

「っ……、あれ、は」

「あれは？」

「……あれは……つい……その……」

しどろもどろになりながら言い繕《つくろ》う。

今夜、嫌というほど思い知らされた藤澤くんの性癖。彼はそこかしこに罠を張り巡らせているのかもしれない、と今さら警戒をしたところで、すでに手遅れのようだった。

「命令を守れなかったお仕置きとして、私は来週、縛られます」

「えっ……!?」

「打ち込んで」

「いっ……」

「嫌なんて言える立場だっけ、佐野は」

行為の最中に聞いたのと同じ低い声音に、私は唇を噛んだ。

本気で嫌だと思うなら、命令など知らないと拒めばいい。

そう頭の片隅で思うのに、私は指をもつれさせながらも言われた通りの文字を打った。

「送信」

芯に微熱を残したままの体が、まるで操り人形にでもなったようだった。

私は耳朶に触れる唇の感触から逃げるように、送信ボタンを押した。

「今日はこれで、おしまい。また連絡するから」


気がつけば、私の立場はずいぶんと危ういものになってしまっていた。

自分から誘い、自分だけ達し、そして携帯には記録が残った。

言質《げんち》をとられて、もう後には引けないのだという思いに囚われながら、私は自分を「Sだ」と言った藤澤くんの声を反芻《はんすう》していた。

2

その後の一週間を、私はひどく不安定な気持ちで過ごした。

理性が勝てば羞恥が湧き、あの夜を思い出せば心が落ち着きを失う。別れた彼を思い出すといまだに切なくなって、酔っ払った自分の暴走に辟易《へきえき》した。

携帯に収められた自らの嬌声は、あの後、一度だけ再生した。

寝付けなかった夜、自室のベッドの中でこっそりと聞いたその音声は、今も耳にこびりついて離れずにいる。

携帯から流れる自分の声は、明らかに快感に溺れきっているものだった。

そして喘ぎ声の合間に聞こえる藤澤くんの声は、あのとき襲いかかってきた様々な感覚を鮮明に思い出させた。

それきりそのデータは消すことも出来ずに、携帯のフォルダの中に仕舞い込んである。

会社に行けば不安定さはより一層強くなり、仕事も必要最低限しか手につかない状態だった。

せめてもの救いは、藤澤くんとはフロアが違うことぐらいだ。もし顔を見てしまえば、平常心を保つことなど到底無理だろう。


そんな状態でようやく迎えた金曜日のお昼休み、自席で菜月ちゃんと話していると、藤澤くんの先輩社員でもある相模さんがふらりと現れ私に書類を手渡した。

「佐野さん」

「はい？」

「これ、見積書。承認印押しといたから」

「ああ、この間の。ありがとうございます」

「あと、これは藤澤から」

「え？」

「来月分の注文書だってさ。月末の締めまでまだ相当時間あるのになぁ」

この一週間、藤澤くんからは何の音沙汰もなかった。これまでならばさして気にしなかったけれど、あのことがあってからはそうもいかない。

また連絡すると言ったからには、いつかは何か言ってくるのだろう。だがそれをずっと待っているような状況が、気持ちを不安定にさせる原因になっていた。

「ついでに持って行ってくださいって、藤澤に使われたよ」

その名前を聞いて、一気に記憶が揺さぶり起こされそうになる。それを必死に押し留めようとしていると、菜月ちゃんが意外そうな顔をした。

「珍しいですね、藤澤くんが人に頼みごとするの」

「だろ？　ここんとこちょっと変なんだよあいつ」

「変って？」

「やけに仕事詰め込んでる。残業とか休日出勤とかしたくないって感じ」

「へー」

「まあもともと良くやってくれてるけどさ、からかう暇がなくてつまらん」

心底不服そうにぼやく相模さんに、菜月ちゃんがくすくすと笑う。

「藤澤くん、からかいやすいですもんね」

「だろー？　なんかいろいろ言いやすいんだよな。乗ってくれるし」

「あはは、確かに。この間も人事のお姉様方にちょっかい出されてましたよ」

「いつかあいつが、コワいお姉様方の餌食にされちゃうんじゃないかって心配だよ、俺は。ほんと、誰かいい子紹介してやって」

いままでだったら恐らく、私もそれに同意していただろう。しかし、今となっては肯定できない。たぶんそれは逆だと、胸の内で呟く。

「藤澤くん、どんな子が好みなんですかねぇ？」

「さあ。でも佐野さんみたいな優しい子が合いそう」

「え？」

「あ、確かに。芽衣みたいなほわんとした感じの子と相性いいかも」

「そうそう。それにあいつ、相手の気持ちとか敏感に察知するだろ？」

「ああ、それわかります。いつも笑ってるからわかりにくいけど意外と見てますよね」

菜月ちゃんの言葉に、相模さんも頷いた。確かに藤澤くんは人の気持ちをよく汲《く》む。

「誰の仕事量がキャパオーバーしてる、とか、誰々が今日元気ない、とかすぐ気づくし。だからそばにいるならやっぱり優しい子がいい気がするんだけど」

当人がいないところで褒められている彼を、今までの私なら素直にすごいと思っただろう。

「よく人から悩み相談されてますよね。って、私もしたことあるけど」

「そうなんだよなぁ。なのに彼女とは長続きしないって、なんでだろうな」


なんで。その理由の一つでもある彼の性質を、私は身を以って知ってしまった。

——俺がそう調教するから。

目の奥を覗き込むようにして言われた言葉が脳裏に甦る。ぞくりと鳥肌が立ち、きゅう、と下腹が収縮した。

「仕事のせいもあるんじゃないですか？　相模さんが藤澤くんを働かせすぎとか」

「え、俺のせい？　ほんと羽柴さん、毒っ気多いよね」

「相模さん……今の発言は失礼ですよ。それに、私だって優しいですよ！」

「いやぁ、羽柴さんはなんかちょっと、優しいってのとは違うんだよねー」

なにやら言い合いを始めた二人を尻目に、私は必死で記憶に蓋をしようとしていた。

あの夜、思えばいままでに経験したことのないことばかりが起きた。

藤澤くんから受けた執拗なまでの責め。それを私はこの一週間、時も場所も選ばず、幾度となく思い起こしていた。

——イクって、言えるよな？

反芻するたびに喉はこくりと鳴り、息は苦しくなった。そしてそれは同僚と会話をしている今でさえもそうだった。

ゆっくりと密《ひそ》かに息を吐く。

——イッちゃう。

馬鹿正直にそう告げた、あの瞬間の甘やかな戦慄《せんりつ》。

不謹慎だという理性の叱責などほとんど役には立たず、私は記憶を押さえつけるように俯き、スカートの裾を握りしめた。

上の空で菜月ちゃんと相模さんのやり取りを聞き流しているうちにお昼休みは終わり、二人とも自分のデスクへと戻って行った。

自席のパソコンにログインしメーラーを確認する。するとそこには新着メールが一通届いていた。

『夜、19時半に高戸駅前で』

発信者名に書かれた〝藤澤匠〟の文字を見た瞬間、情けないほどあっさりと心拍数が上がった。

仕事の用でもなければ雑談でも、もらったお菓子の話でもない。用件だけを伝えるあっさりとした内容は明らかにこれまでのやりとりとは違うものだった。

そのことに戸惑いを覚えながら、私はかすかに震える指先で一言、

『了解』

とだけ返信した。


冷静さを取り戻せないまま夕方になり、私はそそくさと会社を後にした。

待ち合わせ時間までをそわそわと落ち着きなくカフェで過ごし、時間の五分前に改札へと向かう。

しばらくして、スーツ姿の藤澤くんが現れた。

「ごめん、相模さんに捕まった」

「……大丈夫。そんなに待ってないから……」

「そっか。じゃあ行こっか。付き合って欲しい店があるんだ」

それだけ告げると、藤澤くんは背を向けてすたすたと歩き始めた。

私は何となく気まずくて顔さえまともに見られないというのに、肩透かしを食らったような気持ちになりながら、先を行くその背中を急いで追った。

繁華街から少し離れた場所に建つ雑居ビルの地下。そこに目的のお店はあった。

真鍮《しんちゅう》の看板に書かれた店名の頭にはＢａｒとついていて、地下へと続く狭い階段は、隠れ家のような雰囲気を感じさせる。

藤澤くんの後ろについてくぐった重たそうな金属のドアの向こう、照明を抑えた店内は、一見、普通のバーに見えた。

けれど暗がりに目が慣れてくると、ここがどこにでもあるバーではないとすぐにわかって、私は言葉を失い固まった。

たとえば真っ白な壁一面に張り巡らされたいろんな色のロープ。ところどころで絡まり、結ばれて、不可思議な模様になっている。

カウンターの向こう側には床から天井までを貫く大きな檻《おり》、そのさらに向こうには小さなステージのような空間。そこだけ強く照明が当たり、背もたれのない白い椅子がオブジェのようにぽつんと置かれている。

普通のバーならばお酒のボトルが並んでいるような棚には、首輪や鞭、そして何に使うのかわからない革の道具が沢山置かれ、天井には金属の輪がいくつもぶら下がっていた。

「牢獄《ろうごく》」。そんな単語が頭をよぎり、その場にボーッと立ち尽くしていると、突然、耳のすぐ近くで声がした。

「佐野」

「えっ⁉」

「口、開いてる」

「あっ……！　いや、あの……ここ、は？」

「とりあえず、座ろっか」

「あ……うん」

それほど広くはない店内のソファー席には数人の男性客が座っている。

藤澤くんが、応対に現れた女性のスタッフと何かやり取りをして、私たちは檻の前のカウンター席に通された。

「佐野」

「ハイ……!?」

名前を呼ばれて思わずびくんっ、と背筋を伸ばした私を見て、彼はくすくすと笑う。

「……そんなに緊張しなくても大丈夫だよ」

先週起きた出来ごとが嘘のように、今の藤澤くんからは不穏な空気が感じられない。会社でよく見る、柔和な人物そのものだ。

「何飲む？」

「え？　あ、ええと、か、カシス、オレンジ……」

「じゃあ俺は生でいいや」

掌は汗でびっしょりで、焦点をどこに定めればいいのかもわからない。お客さんの談笑だけなら普通のバーだと思えるのに、目の前の檻がそれを否定する。

ふと視線を感じて横を見ると、藤澤くんは落ち着きをなくした私のことを面白そうに見ていた。

「すごいね、実は俺も初めて来たんだ、こういう店」

「あ、あの、すごいというか、ここは、どういう、お店で……」

喉の奥に何かが詰まったみたいに上手く言葉が出てこない。まるで宇宙人にでも誘拐されたかのような気分だ。

すごい、という言葉に同意しかねていると、藤澤くんは運ばれてきたグラスをカチンと私のグラスに当て、にっこりと爽《さわ》やかに笑った。

「SMバーって言ったらいいのかな」

「えッ……」

「お、見事に絶句してるね」

「えっ、え……?」

「S、M、バー」

藤澤くんが、一言一言ゆっくりと発音する。

なんとなく、先日の流れからそういう類の店なのではないかと、頭の片隅で思っていた。けれど実際にそう言われてみると、思った以上の衝撃だ。

「あの、これは、どういうつもりで、その……」

「佐野を連れてきた目的っていう意味?」

こくこくと頷く私に、藤澤くんはグラスを置いてあっさりと言った。

「いろいろあるけど……一番の目的は、佐野を俺の奴隷にすることかな」

「ど……どれ、い……!?」

聞き慣れない単語が耳に飛び込んできて、私は必死にその意味するところを探ろうとした。

恐る恐る横を見ると、さっきまでの穏やかな雰囲気を覆《くつがえ》すように、意地悪さを滲ませた藤澤くんの笑顔があった。

「佐野は、今までの自分から変わりたいんだよね」

「それは……そう……でも……、なんだか怖いような……」

「佐野が元彼を見返すことができたり、ヨリが戻るまでっていう条件付きで。もし後ろめたさがあるなら、キスもセックスもしない。ただ、いやらしく虐めるだけ」

突然の提案に言葉を失う。

「佐野のあの頼みごとを叶えつつ、俺も楽しめる。悪くない条件だと思うけど」

経験値を上げたい。今までと違う自分になりたい。そう思って私は藤澤くんを頼った。

そしてあの夜知ったのはどれもが初めてのことばかりだった。

理性が失われる感覚。強烈過ぎる快感は褪せることなく記憶の中に留まり続け、いつでもすぐに甦るほどだ。

私は自分の中に生まれた感情にひどく戸惑っていた。

この間、藤澤くんは私の頼みを〝誘惑〟と言った。その気持ちが、なんとなくわかってしまったのだ。

顔が熱くなり、思わず掌を握りしめていると、静かな声が聞こえた。

「じゃあ聞くけど……佐野はなんで今日、俺の呼び出しに応じた？」

呼び出されたことにも、それに応じることにも、私は抵抗を感じていなかった。ただ何かされるのではと緊張していただけだ。

「携帯で録った音声も……消してないだろ？」

消すなと命令されたから。罰を恐れたから。

そんな言葉が思い浮かぶのに、それが全て言い訳のように思えてしまうのはどうしてだろう。

「なんで？」

「…………わからない」

「俺には期待してるように見えるけど？」

藤澤くんは小さく笑って腕時計に視線を落とした。

「時間だ」

なんだろうと思っていると、店内のＢＧＭが止まり、照明がすぅっと暗くなった。

檻の向こうにある小さなステージと白い椅子だけが、明るくスポットライトに照らされている。

「何か……始まるの？」

「緊縛《きんばく》のショーだよ」

頭の中に疑問符が浮かぶ。すると、目の前のステージに一組の男女が現れた。

背の高いスーツ姿の男性、そしてその少し後ろに大人しそうな小柄な女性がいる。タートルネックのニットにスカートというごくありふれた服装が、普通と思えないシチュエーションの中で奇妙な違和感を与えていた。

ステージ脇に立つスタッフが何やら二人を紹介しているけれど、その声が上手く耳に入らない。

「あの二人は……？」

「男性が主人で、女性が奴隷」

思い切って尋ねた私に、藤澤くんがこともなげに教えてくれる。不穏な響きに、ざわ、と胸が騒いだ。

ほんの数メートル先にいる二人から目が離せなくなり、声も出ない。

男性が大きな鞄の中から何本もの縄の束を取り出すと、女性はそれを合図に身に着けていた洋服を脱ぎ始め、黒色のブラジャーとショーツだけの姿になった。

滑らかな肌にスポットライトが反射する。

男性が耳元で何かを囁くと、女性は頷き、白い椅子に腰かけた。

縄の束がバラバラと解かれる。男性は慣れた手つきでそれを操り、女性の体の上にその縄を絡みつけていった。

胸を挟むように上下に何度も縄が巻かれ、男性が力を込めるたびに、きしっ、と縄の軋む音が聞こえる。

わずかな淀みもない流れるような手つきで、女性の体はどんどん縄に包まれていった。

「あの女の人の表情見て」

無音になった店内に気を遣って、藤澤くんが小声で囁く。

幾何学模様のような結び目に体の自由を奪われ、わずかに俯く女性は、どこかうっとりとした表情を浮かべていた。

頬は紅潮し、目は潤んでいるように見える。縄が締められるたびに眉をたわめ、隠すようにそっと息を吐く。

よく見れば男性は女性の様子を常に気にしているようで、その視線に気づくたび、女性は大丈夫だと告げるように微笑んで、こくりと頷いた。

離れていても、奇妙に柔らかな色気が漂ってくるようで、私は彼女を綺麗《きれい》だと思った。

表面的に見れば、酷《ひど》いことをしているのかもしれない。けれど二人の間にはどちらかが一方的に強制をしているような空気は微塵《みじん》も感じられなかった。

「どう思う？」

「……綺麗……だと思う」

縄が体の線を強調する。くびれはより細く絞られ、胸は窮屈そうに押し出される。

最後の仕上げにと結び目がきつく締められると、女性はほぅっ、と艶《つや》っぽい吐息を漏らした。

男性は、女性の肩を優しく撫で、私たちにも聞こえる声で彼女に指示を出した。

「今の気持ちを皆さんにお伝えしなさい」

「は、はい……。あの……ご主人様に悦んで頂けると思うと、嬉しいです」

鈴を転がすような声がフロアに響く。全身を縄に縛られた不自由な体で、女性がちらりと男性を見上げた。その返答に、男性はわずかに目を細め、それでも口調だけは嘲るように言った。

「こんな姿にさせられてるのにな」

「……は……恥ずかしいです。でも、気持ちがいいです。ドキドキします」

その会話に、思わず浮かんだ疑問が口をついて出る。

「どうして、嬉しいのかな……」

「そういう性癖だからっていうのが大きいだろうけど……佐野にもわかるんじゃない？」

「え？」

「この間、言ってただろ。元彼に気持ち良くなって欲しかったって」

元彼と体を重ねるとき、私はいつも彼に気持ち良くなって欲しいと願っていた。気持ちがいいと言われれば馬鹿みたいに喜び、否定的なことを言われればひどく落ち込んだ。

「それと同じだろ」

その気持ちは驚くほどすんなりと理解できた。もしも要求に応えることで相手が喜ぶのだとしたら。もしもそれが好きな相手だったとしたら。

そう言われてみると、あの二人の会話が、何の変哲もない恋人同士の会話に聞こえた。

改めて檻の向こうを見る。スポットライトの中に浮かび上がる光景は、狭いながらも特別な、二人だけの世界のようだった。

藤澤くんの言う通り二人は主従関係にあるのかもしれない。けれどそれは相思相愛よりも深く強い結びつきのように見えて、私は密かに羨ましいと思った。

「まだ怖いと思う？」

まるきり縁のなかった世界と自分とが、少しだけ繋がるような感覚がした。目の前で、藤澤くんがその扉を開いて手招きをしているような気にさえなってくる。

どこか呆けたままゆっくり首を振ると、彼は真っ直ぐ私を見て尋ねた。

「それで、どうする？」

質問の意味を理解して、わずかに視線が揺れ動く。

あの提案を受けるかどうか。その返答に考えを巡らせる中、ふと私は気がついてしまった。頭に浮かぶ様々な選択肢の中に、はっきりと断るという答えが見つからない。

そのことに内心驚きながら押し黙っていると、突然、カウンターの向こうからスタッフの女性が私たちに声をかけてきた。

「お客様。せっかくご来店頂いたことですし、体験緊縛、されてみてはいかがですか？」

「え？」

「ショーではありませんので服の上からですし、上半身だけです。お連れ様がよろしければ」

予想外の勧誘に困惑しつつも、意見を求めるように藤澤くんを見る。すると彼はポケットから携帯を取り出し何やら操作すると、その画面を私に見せた。

「当然……覚えてるよな」

コツ、と爪の先が指したのは、あの夜、私が藤澤くんに送ったメールだった。

——命令を守れなかったお仕置きとして、私は来週、縛られます。

唇を噛む。何度も視線を彷徨わせ、一度、こっそりと息を吐いた。

これから言い出そうとしている自らの台詞を思って、どくん、と心臓がひと際強く鼓動を打つ。

「……この関係は……期限付き？」

「そう」

「……誰にも、内緒……？」

「もちろん」

店内のわずかな談笑に掻き消されるほどのそのやり取りが、私の中の選択肢をどんどん少なくしていく。

「……私……」

俯いていた私に、スタッフの女性が再び尋ねてきた。

「どうなさいますか？」

ちらりと顔を上げると、軽く頬杖をついている藤澤くんと目が合った。

私の中の逡巡《しゅんじゅん》も、はしたない期待も、全てを見透かしているような双眸《そうぼう》。あの夜、未知の快感を私に与えた時と同じ、鋭い視線。

「……いっておいで、芽衣」

低く静かな声が私の下の名前を呼び、躊躇《ためら》っていた背中をトンと押す。

その瞬間、理性に絡みつく誘惑に、私は負けた。

「…………お願い……します」

スタッフの女性に向けて言ったその言葉は、同時に、藤澤くんのあの提案に対する答えでもあった。

満足げな笑みを浮かべる彼と目を合わせることもできずに、私はゆっくり、席から立ち上がった。

3

いつの間にかショーが終わったステージでは、縛られていた女性も服を着て、はにかむような笑顔を浮かべながら椅子の横に立っていた。止まっていたBGMは再び流れ始め、照明も、来た時と同じ明るさに戻っている。

店内にいるほとんどの人がそれぞれの雑談に戻る中、私は檻の向こう側にある白い椅子に近付いた。

「緊縛のご経験はありますか？」

さっき女性に縄をかけた男性が丁寧な口調で尋ねてくる。私は舌をもつれさせながら答えた。

「いえ……あの、ありません。こういう場所も初めてで」

「そうですか。心配しなくても大丈夫ですよ、軽くですから」

私の緊張を察したのか、男性が紳士的な笑顔を浮かべる。

促されるままに椅子へ腰掛けると、すぐに縄の束が解かれる音が聞こえた。

「腕を後ろに。そうです。手で反対の腕を軽く持って」

手首を摑まれ誘導される。背中に両手を回すと、手首にぐるりと縄が巻きつく感触がした。

ぎゅっ、と締め付ける音。しゅるっ、と縄のしなる音。緊張して喉が鳴る音。

まったりと流れるジャズ調のBGMとは噛みあわないそれらの音が、現実味を削《そ》いでいく。

「痛かったり我慢できなければ仰《おっしゃ》ってくださいね」

「は、はい」

男性は背中側で縄を手繰っていて、私にはそこがどうなっているか見えない。けれどブラウスの上を縄が這う異質な光景に胸がざわついた。

縄の先端が胸の下を通る。体を一周し、脇をくぐり抜け、ぎゅっ、と一度締められると、わずかな息苦しさを感じた。

まるで着物を着付けられているようだと思っていると、椅子の横に立っていたあの女性が声を掛けてきた。

「怖くはないですか？」

「……意外と、大丈夫です」

「よかった」

他人に親近感を与える穏やかな微笑みに、私は抱いていた疑問を思い切って口にした。

「あ、あの……こういうこと、どうして好きなんですか……？」

「え？　こういうことって……緊縛とかですか？」

頷くと、女性は膝を床につき、私の目線と同じ高さに屈む。

「んー、簡単に言うと……動けなくさせられるのが好き……という感じかな」

その言葉につられて、腕をわずかに動かしてみる。

服の上から体を締め付ける縄は遊びを残してもらえているのか、それほどのきつさも、痛みも感じなかったけれど、自分の意思通りに動かせるのは指先ぐらいだ。

「Sの方は、相手を逃がさないために縛るんだと思うんですよね」

他にも理由はあるだろうけど、と前置きして言われた台詞に、私の心臓は鼓動を速めた。

あの夜、手首に絡みつけられたビニールテープの感触が甦る。

「逃げられないくらいに求められるって……ちょっと、ドキドキしません？」

記憶を辿り、小さく頷くと、薄化粧の似合う柔らかい笑顔がこちらを向いた。

「私は必要とされてるんだってはっきりわかるのが嬉しい。だからお客様のご主人様だって――」

「え……？」

ご主人様、と言われて一瞬思考が止まる。誰のことを言っているのだろうと視線を上げた時、私は自分がじっと見られていることにようやく気がついた。

「理由も目的もなく、お客様を縛らせたりはされないと思いますよ」

檻の柵が、時折その視線を遮る。けれど、男性の腕が動くたびに体は揺れ、ちらちらと、こちらを見る藤澤くんと目が合った。

頭のてっぺんから、足の爪先まで。「舐めるように」とはこのことだろう。

きっといま私は藤澤くんに性の対象として見られている。そう思うと堪らなくなって、呼吸が乱れた。

恥ずかしい、お願い、見ないで。そんな思いを込めた視線を送るのに、彼は私から少しも目を逸らすことなく、にこりと意味ありげな笑みを浮かべた。

きちっ、きちっ、と数度小さく縄の擦れる音が聞こえて間もなく、男性は私の肩をぽんと叩き、「できましたよ」と言った。

その呼びかけに思わず背後を振り返ろうとしたけれど、うまく体を捩ることさえできない。

男性が、緊縛の完成をカウンターに座る藤澤くんにも伝える。

席を立ってすぐ横にまで来ると、藤澤くんは椅子に座る私を見下ろしながら、無言で私の頭を撫でた。

「いかがですか？　感想は」

男性の問い掛けに、藤澤くんにも聞こえることを意識して小さな声で答える。

「……………不思議な……感じです」

「不思議ですか。嫌ではない？」

嫌？　と口の中で呟く。もう一度考えてみたけれど、やはり自分の中に嫌悪感を見つけることができず、私は首を傾げて男性を見た。

「なんでこんな目に遭わされなきゃいけないのよ！　馬鹿じゃないの!?　っていう気持ちは？」

「それは、ないかな……」

「ないですか」

「なんだか……自分がものすごく弱くなった気分です」

私は正直に、思ったままを口にする。

「そうですね。もう、誰かに解いてもらわない限り、自力では抜けられませんからね」

後ろ手に縛られた腕は、動かそうとすればきしきしと縄が鋭い音を立てるだけで、背中から離すことができないことを考えれば、ドアを開けることさえ難しそうだった。

「あ……そっか」

ぼんやりとした私の答えに、椅子を囲んでいる三人が声を立てて笑う。すると男性は少しからかうようにして言った。

「可愛らしい方だ。縛られるのは初めてなんですよね？」

「はい……」

「それにしては、抵抗感をあまり感じられてないようですけど……淫乱な素質をお持ちなのかな」

「えっ……？　そんな、こと……！」

思わず反論しようとすると、藤澤くんがなだめるように私の頭を撫でた。

「縛られるの、初めてじゃないだろ？」

「え？」

「縄じゃなかったけど、拘束して尻も叩いたと思うけど？」

「あっ……あれは……」

「まさか忘れてた？」

先週のあの夜の痴態を人前に晒されて、私は慌てた。

忘れてたわけじゃないけど、と言い返そうとすると、背後に立っていた男性が急に声音を変えて囁いた。

「おや。そんな大事なことを忘れていたなんて……いけない方ですね」

「えっ？」

「完全に未経験の方だと思って手加減しましたけど、そんな必要はなかったのかな」

背中を押され半身を屈まされた瞬間、風を切る音がして、左のお尻に痛みが走った。

「いッ……!!」

「僕に嘘の申告をしたことになりますから、これはお仕置きです」

突然の出来ごとに私は混乱した。意地悪なその言い方が、裏の顔になったときの藤澤くんによく似ていたからだ。

洋服越しに肌を打つ音が記憶を強制的に揺さぶり起こす。

「何を使って拘束されたんです？」

「……それ、は……」

「答えられないんですか？」

回答を迫る声のすぐ後に、再び、パンッ！　という乾いた音を立ててお尻が叩かれた。

誰とも知れない男性と、あの夜の藤澤くんとが重なって見えて、私は消えそうな声で答えた。

「……ビ……ビニールの、テープ、で……っ」

あれは今と同じような格好だった。後ろ手に両腕を束ねられ、自由を奪われた。お尻を叩かれて、私は藤澤くんに何度も恥ずかしい告白をした。

その時の感覚がひとりでに呼び覚まされる。

「腕だけ？　それとも脚もですか？」

「う、腕……だけ……」

まるであの夜を追体験しているようだった。

〝逃がさないために縛る〟とさっき女性は言った。もしその通りなのだとしたら、藤澤くんは、私を逃がしたくなかったのだろうか。

「そのときの気持ちは？　ドキドキしました？」

どきん、と心臓が跳ね、顔が熱くなる。

隣に立つ藤澤くんの存在を意識しながら、私はそんな自分の反応を隠そうとした。

彼は鋭い。だから絶対に気づかれてしまう。

あの夜、藤澤くんに責められて堪らなくドキドキしていたことも、今それを思い出してまた体を疼かせていることも。

返答に困り俯いていると、頭にのせられていた藤澤くんの手が、きゅう、と私の髪を摑んだ。

「っ……」

きっと今、藤澤くんはあの意地悪な笑顔を浮かべてる。顔を上げれば「返事は？」と問い詰められて、答えれば「ドキドキしたんだ」と羞恥心を煽られるに違いない。

そう思いながら恐る恐る藤澤くんを見る。

けれどその表情には、ほんの少しの笑みも浮かべられていなかった。

「このまま席に戻っても大丈夫ですか？」

藤澤くんが淡々とした口調で、男性との会話を遮る。

「ああ……すみません。お客様があまりに初々しくて可愛らしかったものですから、ついちょっかいを出してしまいました。どうぞ、このままお席へお戻り下さい」

男性は申し訳なさそうに頭を掻くと、すっと私から体を離した。

「どうも」

藤澤くんは素っ気なく答えると、肘を掴んで私を立たせた。

よろめく体を支えられながら席へ戻る。

カウンターの椅子に腰を下ろしたものの無言のままの彼に、私はそうっと声を掛けた。

「あの……藤澤くん……？」

「なに？」

「……どうかした……？」

藤澤くんはよく笑う。それが普段通りのものでも、意地悪なものだとしても。

それなのに今は笑みがすっかり消えていて、何か怒っているのだろうかと私は不安になりながら尋ねた。

「……芽衣」

けれど藤澤くんは私の質問には答えず、低く静かな声で私の名前を呼んだ。

顔を上げると、真っ直ぐこちらを見る彼と目が合った。空気が変わり始める気配に、冷静さが揺らぐ。

そして、藤澤くんのポケットから携帯が取り出されると、さあっ、と嫌な予感がよぎった。

親指がボタンを押す様子を眉をひそめながら見る。ピピッと電子音が聞こえ、背面にある赤いランプが点灯した。

「芽衣は勘がいいな。でも、今日は録音じゃないよ。……録画」

「えっ……!?　やっ……!!」

「静かに。ほら、他のお客さんに迷惑だろ」

身を捩り声を上げた私をそっとたしなめ、藤澤くんは携帯をカウンターの上に置いた。

黒い小さなレンズが、じっと私を見る。

「最近の携帯はすごいね。三十分以上撮れる」

「やだ……っ、お願い、止めて……！　解いて……!!」

瞼をきつく閉じ激しく首を振って懇願すると、藤澤くんの手が私の頬を撫でた。

「何の条件もなく、俺がその縄を解くと思う？」

「………お、思わない……」

「だったらどうする？　言うこと、聞けるよな」

あの夜与えられた言葉も快感も、全てがはっきりとした形を残したまま、私の逃げ道を塞ぐ。

私は、この尋常ではない関係を受け入れたことを認めるように、ゆっくり、そして小さく頷いた。

観念した私に、藤澤くんが質問を投げかける。

「縛られた感想は？」

「……嫌じゃ、ない。少し、息苦しくて……変な感じが、する」

「尻叩かれてドキドキした？」

「え……」

「顔、真っ赤になってたけど」

「……それはこの間のことを、思い出して……」

「なんかイラついたよ。芽衣は、誰にされてもあんな顔になるんだな」

「そんなこと……！」

藤澤くんに責められたときのことを思い出していたとはっきり言えず、言葉を濁す。

「でもあの人の気持ちもわかる。芽衣見てると……無性に虐めたくなるんだよ」

藤澤くんは独り言のようにそう呟いて、私の反論を遮りすっと胸元に手を伸ばしてきた。

「あっ」

「そう、その顔。戸惑って、でもドキドキしてる顔」

胸を挟んでいる縄の表面を、藤澤くんの指先が撫でる。

「苦しい？」

「く、苦しくない」

背中で行く当てを失っている指先をきつく握りしめる。

藤澤くんの人差し指は、縄の凹凸を確かめるようにゆっくり、ゆっくりと這っていった。その動きから、目を離せない。

「警戒してる？　何かされるんじゃないかって」

「そ……そんなこと、ないよ」

逃げるように体を捩る。けれど、きしっ、と縄の擦れる音がするだけで、すぐに動きは封じられた。

規則的に点滅する赤いランプが気持ちを切迫させていく。深く俯くと、藤澤くんの手がスカートの上から太腿に触れるのが見えた。

「っ……！」

「本当に、何もされないまま解放されると思ってる？」

嫌ではない。苦しくもない。そこまでは本当だったけれど、その後は嘘だった。

何かされるのではないだろうかという淡い期待に、藤澤くんはどうして気づくのだろう。

一度大きく息を吐き出して、再び太腿にのる手をこっそりと見た。

この指はあの夜、私の体に触れたものだ。頭を撫で、胸を這い、そして体内に埋まった指。そう思うだけで、冷静さはがらがらと呆気なく崩れ去り、淫らな欲求の芽が育ち始める。

「脚こわばってるけど、どうした？」

「……どうも、しない」

重ねられる問い掛けに、それでも精一杯、強がって見せる。

私の答えなど一向に意に介さず、藤澤くんの指はスカートの裾を摘まみ、するすると捲り上げていった。

「あ……！　だ、だめだよ……！」

「なんで？　何もされないって思ってるんだろ？」

周りと、そしてカメラを気にして小声で発した抵抗もかわされ、ぐっ、と返事に詰まる。

「芽衣は意外と頑固だよな」

「そんなこと、ない」

「ふぅん」

唇を噛む。指先が太腿に押し付けられると、くっ、と爪が沈みこみ、皮膚は白くなった。

「男は単純だから、言われたことはそのまま信じるよ」

少しずつ、その指は脚の付け根へと向かっていた。うっすらと細い爪痕の線が、ぴりぴりと皮膚を刺激しながら上へ上へと這い上がる。

「平気ならこの指、止める理由が見つからないんだけど」

藤澤くんは責めながらも私の反応を探る。だから私も嘘は言えない。誘導尋問のようにして引きずり出されるのは、偽りのない私の本心だった。

「……平気なわけ……ないじゃない」

それでも口から出た声がどこか拗《す》ねたようになってしまうと、藤澤くんの親指と人差し指が私の唇を、むに、と挟んだ。

「反抗的だな」

「も、問題ある？」

精一杯の虚勢を張る。そうでもしなければ、妖しい雰囲気にあっという間に飲み込まれてしまいそうだ。

笑みもなく目の奥を覗きこんでくる視線に、背筋がぞくぞくと粟立つ。

耐え切れず目を伏せる。すると藤澤くんは私の耳に髪をかけながら言った。

「問題ならあるよ。お前は俺の奴隷になったんだろ？」

「っ……」

「ご主人様って、言ってみろ」

聞き慣れない厳しさを含んだ口調。

「そんな、こと……、い、言えないよ……っ」

「へぇ……言わないんだ」

私のささやかな抵抗を嘲笑うかのように、藤澤くんは意地悪く頬を緩め、太腿にのせていたその手を引いた。

「言わないなら、今度また罰を与えなきゃいけないな」

さっきより熱を帯びた台詞に、私は真意を探るように彼を見た。

「こんな風に縛って、ベッドに転がして……せっかくだからついでに足も縛って」

「え……？」

「ちょうどよく胸のとこは縄ないから、この間みたいに、まずはたっぷり揉もうか」

藤澤くんの視線が私の上半身に刺さる。縄に強調された胸を見ると、ブラウス越しにうっすらとブラジャーが透けて見えることに気がついた。

「耳も、あと首筋も舐めて。この間、結構反応が良かったからな」

藤澤くんが言葉で私を責めたてる。たぶんこれが、すでにひとつの罰なのだ。

身を縮ませ屈もうとする。けれど体に絡む縄は、わずかな逃亡さえも許してはくれなかった。

「ブラウスだから前だけ開けられるな……あ、服の上から乳首嚙んじゃおうか」

「……はっ、恥ずかしくないの、そんなこと口にして……」

「全然。恥ずかしい思いをするのは芽衣だろ？　ろくに動けないんだし、俺の好きにできる」

「や、いやだ……！」

「逃げようとしてもいいよ。それもまたそそるから」

「っ……」

次々と浴びせられる淫らな言葉が、止めどなく妄想を生む。

現実を金型にしたその妄想は酷くリアルで、脳裏に浮かび上がる映像に頭がくらくらした。

「スカートは……ここに挟んで捲りっぱなしにして、下着だけ脱がそうか」

藤澤くんの指が再び、胸元をぐるりと締め付けている縄をなぞる。

スカートの裾をその縄に留められれば、確実に下半身は露出することになるだろう。

ベッドに転がされ、抵抗するすべもなく衣服を剝がれていく。そんな光景が目に浮かび、私は思わず首を振った。

「腹這いにすれば逃げようとしても見えるし、スカート捲っとけば逃げなくても見える。どうやっても芽衣は自分で隠せない」

ただの言葉なのに、私はどんどん追い詰められていく。

四つん這いにさせられている自分。下着を失った秘部。藤澤くんの言う通り、隠すことも逃げることも不可能に違いない。

「見られたくない?」

「み、見られたくない」

「自分じゃ隠せないくせに」

「や、だ……っ」

「クリトリスも、今度は指じゃなくて舌で舐めたり」

「ん……っ」

藤澤くんが、耳朶にかりっ、と爪を立てた。

あの夜のような執拗さでもし再び責められたとしたら。それは確実に性感を煽りたて、また私ははしたなくイッてしまうのだろう。

「この間は一回だけで止めたけど、今度は何回もイかせようかな」

「……ぁ、……い、や」

あの絶頂の瞬間を思い出す。下腹が、きゅう、と甘ったるく締め付けられる感覚に、私は思わず声を漏らした。

俯けば、携帯がまるで、痴態を見逃さないとでも言いたげにじっとこちらを向いていて、私は震えて目を逸らした。

身動きをするたびに聞こえる縄の軋む音が、私を非現実の世界に沈ませる。

「フェラしろって言ったら、意外と素直に従いそうだな」

現実には何もされていないというのに、それはまるで実体験のような鮮明さで瞼に浮かび、そして本当にいつか、そうされてしまいそうな予感がした。

誘導されるままに脳が作り上げた光景の中、私は藤澤くんに全身を責められていた。

「芽衣」

「な、なに？」

「どうした？」

ふいに名前を呼ばれて、私は現実に引き戻された。

顔は紅潮し心臓は痛い。じくじくと秘部が疼くけれど、私は平静を装って藤澤くんを見上げた。

「どうした？　って、聞いたんだよ」

自分の思考を見透かされたくなくて、私は咄嗟に顔を背けようとした。

けれどそれは失敗に終わり、呆気なく顎を摑まれ、顔を上に向かされた。

「い……意地悪……っ」

「もう知ってるだろ」

自然と眉根が寄る。

脳はすでに卑猥《ひわい》な光景に埋め尽くされ、トロリと溶けてしまっているようだった。

「質問の返事は？」

「……か……体が、おかしい……。すごくドキドキ、してる」

「興奮、の間違いだろ。いやらしい顔になってる。後で自分でも見たらいい」

そう言われて、携帯の存在を思い出す。

けれどそんな映像を見なくても、もう自分が興奮しきっていることはわかっていた。

体が、そして秘部が熱く腫れぼったい。藤澤くんの指が再び、私の輪郭をかたどっている縄の線をなぞる。首、肩、胸。脇を通って背中に回り、私の掌をくすぐった。

かあ、と顔が火照る。

「や、やだよ……っ！　こんなの、恥ずかしすぎる……！」

「興奮してるのを知られるのが、そんなに恥ずかしい？」

こくこくと小刻みに頷く。

すると藤澤くんは私の耳元に顔を寄せて囁いた。

「いいこと教えてあげようか」

「な……なに？」

「俺はわざと芽衣に恥ずかしい思いをさせてるんだよ」

彼の指が私の指を、きゅう、と握りしめる。

温かいその手触りに、卑猥な興奮とはまた違う、甘い締め付けが胸を襲ってきた。

「忘れられない出来ごとは人を変える」

「変わりたい」と言って藤澤くんに頼んだ通り、私の体は急激に変わってきている。けれどそれは、自然と変わっているのではない。まるで藤澤くんの手で、作り変えられているようだった。

「繰り返し思い出す度に、その人の中に記憶が埋め込まれていくんだよ」

この一週間、私はもう何度もあの夜の出来ごとを思い出していた。

言葉を起爆剤にして記憶が甦り、妄想が走り出す。繰り返し、繰り返し、慣れることさえなく何度も。

「その人がそれを望んでないとしても、そういうスイッチを作ることができる。……芽衣の中に、俺のスイッチができるんだよ」

ずくん、と腹の底が鈍く疼く感覚に、私は身震いした。

体と心の急激な変化を、私は怖いと思った。

「も、もう……解いて……っ」

怖い。けれどドキドキする。全身が熱い。息が、苦しい。

浅く速い息を吐く。小さく喘いで携帯のレンズから顔を背けると、突然、秘唇からとろりと体液が溢れる感触がした。

「……!!」

体内深くにスイッチが作られた瞬間は、逃すことなく携帯に収められたに違いない。そして、藤澤くんに言葉で責められ感じている様さえも。

「……ご……」

「ん？」

快感に歪んだ思考回路が、私の口から声を出させた。

「ご、……ご主人、様……」

勝手に滲んだ涙で視界がぼやける。

荒くなった息を抑えることも忘れて彼の方を向くと、藤澤くんは驚いたような表情で私を見ていた。

「ドキドキ、します。興奮、してます……っ。でも怖い……。頭、変になりそうです……っ。もう、解いて欲しいです……。お願い、です。……もう……っ」

ステージ上でのあの女性を真似《まね》た口調でそう告げると、藤澤くんは眉間《みけん》に皺《しわ》を寄せ視線を逸らし、ゆっくりと長く息を吐いた。

「……芽衣は、俺の何になったんだっけ？」

「…………ど……奴隷、です……」

倒錯した世界に足を踏み入れた感覚に舌がもつれる。

震える指先を握りしめ、溢れ出た愛液を気取られないよう、ぎゅうときつく脚を閉じる。

少しの沈黙が流れたあと、藤澤くんは私の背後に手を回すと、きしきしと縄を数度揺さぶり、ばらっ、とその結び目を解いてくれた。

「……駄目って……言われるかと思ったのに……」

「……ちゃんと答えられたご褒美だよ」

意外な対応に顔を上げると、藤澤くんは自由になった私の手首を取り、ゆっくりと下ろしていった。

痺れを感じて顔をしかめる。それほどきつくないと思っていたけれど、同じ体勢をしていたせいで体が固まってしまったようだ。

藤澤くんは携帯のボタンを押し、録画を止める。

「参ったな」

「……？」

「なんか調子が狂う」

「……どうして？」

ご褒美の続きなのか、彼はおもむろに私の頭を撫でた。不思議と優しいその感触に、目を細めて身を任せる。

「さあ、なんでだろうな」

しばらくしてそう独りごちると、藤澤くんは何かを誤魔化《ごまか》すように笑った。

その日の出来ごとの締めくくりとして、私は藤澤くんの携帯から動画を受け取り、再び彼に促されるままメールを打った。

『行為の最中は藤澤くんのことを、ご主人様と呼びます』

携帯に残った動画データと送信履歴を見て、私の喉がこくりと鳴った。

4

翌週の半ば、水曜日の昼休み。

昼食をコンビニのお弁当で済ませた後、新発売のチョコレート菓子を菜月ちゃんと二人で食べていると、突然彼女が聞いてきた。

「もうあの男のことは吹っ切れた？」

「え？」

「別れた彼氏」

「あー……どうだろ……」

「最近、雰囲気が変わったし元気そうだから、もう平気なのかなって思ったんだけど」

「私、変わった？」

「うん」

「……どんな風に？」

菜月ちゃんは私の頭からつま先まで視線を巡らせて、うん、と頷く。

「見た目よりも、中身かな。思ったこと、言うようになった気がする」

「そう？」

「ご飯とかだって、何でもいいよ、ってあんまり言わなくなった」

「それは――……うん。実は、ちょっとだけ、本音を言うように気をつけてる」

彼女の鋭さに驚きながらも、気づいてもらえたことを素直に嬉しいと思う。

藤澤くんはあの秘密の時間を過ごす間、何度も繰り返し私に本心を言わせようとする。だからそれ以外の時でも、ふとした瞬間にその声が甦り、私の背中を軽く押すのだ。

今までだったら相手の出方をうかがって仕舞い込んでいた自分の気持ち。それを私は、勇気を出して少しだけ口にするようになっていた。

お昼は何を食べるか、どこに飲みに行くか、本の感想や仕事に関するちょっとした意見。どれも些細な内容ではあったけれど、自分の中ではずいぶんと大きな進歩だった。

「お、それはいいことね。芽衣は自分を抑え過ぎるとこあるから」

「そんなつもり、あんまりなかったんだけど」

「いやいや、十分抑えてるよ。場合によっては美徳だけど、だいたい損するよね」

今までの私を知っているからこその指摘に、私は苦笑しながらも頷く。

「なんかあったの？」

「え？」

「気にするようになったきっかけ」

菜月ちゃんがニコニコと笑顔を浮かべ、私の表情をうかがう。何かを探ろうとしている気配に、私は、んー、と曖昧な声を出した。

どう答えようかと考えていると、がちゃっ、とフロアのドアが開き、そこに藤澤くんが現れた。

「ああよかった、佐野いた。お疲れ」

「あ……藤澤くん」

「休み時間にごめん。これさ、この間の案件なんだけど――」

クリップで留められた書類の束を手に、平然とこちらへと近づいてくる藤澤くんに、私は内心うろたえていた。声は裏返ることなくきちんと出せただろうか。

落ち着こうと耳に髪をかけ直していると、菜月ちゃんがふいに、いいこと思いついたという様子で目を輝かせ、藤澤くんに話を振った。

「ねえねえ、藤澤くん。芽衣、最近変わったと思わない？」

「ん？　どんな風に？」

心の中で、菜月ちゃんストップ、と悲鳴を上げる。そんな内心を知ってか知らずか、藤澤くんは私の顔をじっと見た。

「時々遠い眼してるんだけどさ、それが……みょーに艶っぽい気がしてるんだよねぇ。なんかあったんじゃないかって探ってるんだけど、この子、口堅いからさー」

「そうなんだ。何かあったの？」

どこまで勘がいいんだと、彼女の指摘に舌を巻く。私は平常心を掻き集めて、できるだけ抑揚を抑えて答えた。

「えっと……何かなんて全然ないんだけど」

「全然ないんだ」

私の返答に藤澤くんが声を立てて笑う。けれどその笑いが、妙に思わせぶりであることに私は気がついた。

もしも二人きりならばきっと、いまの一言は藤澤くんのスイッチを押しているに違いない。

今度会うときには、「拘束されて尻を叩かれたことも、それでも感じてイッたのも、特別な何かじゃないんだ?」とでも追及されるのではないか。「これまでのことが特別じゃないなら、もっとちゃんと、〝特別なこと〟しなきゃな」なんてことを言われる気がする——と、そんなことを思った自分に驚いた。脳裏に浮かぶ想像が、どんどん具体的になっている。

「ね? こんな感じで誤魔化すのよ。変わったっていうのも、いい意味で言ってるのに」

「佐野はいまのままでも十分、魅力的だよ」

「ちょ、ちょっと……」

顔を上げると、藤澤くんがにこりと優しく微笑んだ。

意外な褒め言葉をかけられて私はたじろいだ。頬が、やけに熱い。

「お、さすが藤澤くん、さらりといいこと言うね」

「でも佐野、赤くなって困ってる」

「褒められるのに弱いから、芽衣は」

「へぇ、覚えとこ」

熱を逃すようにぱたぱたと手のひらで顔を扇ぐ。もしかしてわざとそんなことを言ったのかと穿《うが》った考えを抱いていると、藤澤くんが、それはそうと、と手にしていた書類を私に渡した。

「困ってるところ悪いけど、佐野、それ急ぎで処理進めといてくれる？」

「え？　あ、わかった。えっと……新規案件の注文書？」

「うん。相模さんの承認印はもらっといたから」

「ほんとよく働くねぇ、藤澤くんは。この間みたいに相模リーダー使って持って来させればいいのに」

「ははっ、それはまた今度。今日のは佐野に不備ないかチェックしてもらいたかったし」

「ちょっと待って、すぐ見るね」

そう言われて私はパソコンにログインし、電卓を取り出した。書類に記された数字を確認し、パソコン画面と照らし合わせる。

「あんたも……真面目ねー。午後始まってから見ればいいのに」

「まあ、そこが佐野のいいところじゃない？　羽柴も見習えば？」

「人には向き不向きがあるのよ。藤澤くんだって相模リーダー見習ってちょっとは適当にやればば？」

「まあ、向き不向きがあるからね」

聞こえてくる二人の会話を微笑ましく思いながら書類に目を通す。すると最後のページに、小さな付箋《ふせん》が貼られていることに気がついた。

『週末、暇だったら映画に行かない？　相模さんにチケットもらった』

ちらりと二人の様子を見る。まだ仕事の向き不向きを話し合っている二人に気づかれないよう、私はぺりっとその付箋を剝がして、掌に隠した。

秘密めいた誘いに、ふわふわと気持ちが浮つく。ぱたん、と書類の束を閉じると、藤澤くんは私に尋ねた。

「大丈夫そう？」

「うん……大丈夫」

「そっか、よかった」

二つの意味を含めて答えると、藤澤くんもまた、二つの意味を含めた返事をしてくれた。


「結構面白かったなぁ」

「うん。最後の展開、すごくドキドキした」

週末の土曜日、午前中に駅前で待ち合わせをして向かった映画館で、私たちは公開されたばかりの新作映画を見た。

アクション映画だったけれど、随所に伏線が張りめぐらされ、かなりストーリーが凝っていた。ラストは話に引き込まれ、思っていた以上に楽しめた。

そして映画の後は、お昼ご飯を食べようと近くのカフェに入った。

藤澤くんは肉料理のプレートランチにし、私は魚料理を頼んだ。目の前には彩りよく一皿に盛りつけられた料理がほかほかと美味しそうな湯気を立てている。

「相模さんに感謝しなきゃだな」

「せっかく当てたのにもったいないね」

照り焼き風にソテーされている豚肉を、藤澤くんが美味しそうに頬張る。

「ああ、あの人、映画館が苦手なんだよ。暗いとこ怖いんだってさ」

「え、そうなの？」

「うん。あの見た目で意外だよね」

藤澤くんがもらったチケットは、相模リーダーが飲み会のゲームで当てた景品だったらしい。ペアのチケットだったから、独り身の俺に対するいじめだ、と拗ねながらも、同じ境遇の藤澤くんにプレゼントしてくれたのだという。

「絶対に女と行けって言われたから、従ってみました」

そのどこか冗談めかした口調に思わず噴き出す。

藤澤くんが「従う」なんて単語をわざわざ使ったのがおかしい。

「なんで笑ったー？」

「ううん、別に」

フォークとナイフで白身魚のフライを切る。添えられていたタルタルソースをのせて、口へと運んだ。

衣はサクサクとしているし、コクのあるソースが淡白な魚とよく合う。美味しいなと思いながらサラダにフォークを刺そうとしたところでこちらに向けられた視線に気づき、私はなに？　と尋ねるように首を傾げた。

「いや、初めての飲み会の時も思ったけど、すごく丁寧に食べるよね」

「初めて？　あ、懇親会のとき？」

「うん。行儀がいいというか。綺麗な食べ方するなと思ってた」

意外な言葉に手を止める。そんなことを面と向かって言われたのは初めてだ。

「そんなに見られると……」

「ん？」

「……食べにくい。緊張しちゃう」

こうして普通に話しているだけなのに、ふとした瞬間に彼のスイッチが入るのでは、と鼓動が速まる。

「なんか最近、素直になったね」

そうさせてるのはあなたでしょうと、心の中だけで呟く。

そんな私の思いに気づいてか、藤澤くんは、ふっ、と笑って再び自分の料理を食べながら話題を変えた。

「佐野は普段、休みの日って何してるの？」

「え？」

佐野と呼ばれ、奇妙な違和感を覚える。「芽衣」と呼ばれるのはどうやらあのときだけらしい。

「……たまに出かけるけど、家にいることの方が多いかな」

自宅でお気に入りのお茶を淹《い》れて、のんびりと本を読む。好きなことをできる時間が好きで、外界との繋がりはネットが多い。色気を身につける方法を検索していたことも、色っぽい女性の画像を探してみたことも、どれもあまり他人には知られたくないことだった。

「ああ、そういえば休み時間とか結構ネット見てるよね」

「え、バレてた？」

お皿に残った最後の一口を藤澤くんが食べ終える。アイスコーヒーにミルクを混ぜると、藤澤くんは理由を教えてくれた。

「ウィンドウ小さくしてるせいですごい前のめりになってるよ。たぶん他の人もわかってるんじゃない？」

「……一応、気をつけてるつもりなんだけど」

「あれ、何見てるの？」

「え？　あー……」

「ん？」

「通販のサイトとか……」

とか、と曖昧に濁した私を、藤澤くんは意地悪そうな笑顔でからかった。

「へぇ、会社で。それは見つからないようにしないと」

「で、でも買わないんだよ。見てるだけ」

「ウィンドウショッピングみたいに？」

「うん、そう。……地味だよね」

知られたくない一面を吐露したことに気恥かしくなり、カラカラとアイスティーの氷を掻き混ぜる。

「それはわからなくもないよ。ネットだとすごくいろんなのあるしね」

「あ、そうそう、それ。行けそうにないお店のもの見たりとか」

「高いブランドとか？」

「うん、絶対に買えないようなお店とか」

それもわかるかも、と藤澤くんは笑って頷いた。こんな普通の会話を彼と交わすのは久しぶりだ。

「他には？」

「えーっと……本、読んだり、あとは……手芸、とか」

「手芸？　縫ったり編んだり？」

「うん」

「すごいね。本当にインドアだ」

「……天気のいい日に陽が当たる場所で、お茶飲みながらのんびりするのが好き」

「ああ、いいね。気持ち良さそう」

「うん。自分の好きなことに囲まれるのって、すごく贅沢《ぜいたく》な気がする」

「佐野、似合うよ、そういうの」

「似合う？」

「いい意味でね」

共感してもらえている心地よい嬉しさに、私は少しの勇気を出して言葉を繋いでいた。

別れた彼に同じような話をしたときはただ一言、地味だなぁと笑われたけれど、藤澤くんは感嘆の表情できちんと受け止めてくれる。

「じゃあ今度の休み、晴れたらどっちかの家でそういうことしてみる？」

「え？」

「佐野がのんびり好きなことしてる横で、俺はパソコンの勉強、と」

突然の提案に驚きながらも、脳裏に思い浮かんだ光景はとても素敵なものだった。けれどそれは、恋人同士がすることのような気がして、私は藤澤くんの言葉を遮った。

「でもそれは……なんか」

「ん？」

「いや……恋人同士みたいだなと、思って」

「……そうだね。でも俺は今日のこれだって、デートのつもりだったけど？」

「え？」

「デートだよ」

さらりと言われ、ドキリとする。

私はその言葉にどう答えればいいかもわからず、熱くなった頬を持て余し、窓の外に視線を逸らした。

休日ということもあってか、大通りは沢山の人で賑《にぎ》わっている。交差点の信号が青色に変わり、立ち止まっていた群衆が再び歩き始めた。

「……佐野。あのさ——」

藤澤くんが何かを口にしかけたその時、ふと視界に、見覚えのある姿が見えた気がした。

「あっ……」

「え？」

「……あ……いや……えっと」

もう二ヵ月以上会っていない、けれど三年近く見続けたあの人の姿。どくっ、と心臓が騒ぐ。

店内に視線を戻し、再び外を見る。けれどもう、その姿は人混みの中に消えていた。

「何かあった？」

顔色が変わってしまったのか、再び尋ねられる。慌てて誤魔化そうとしたら手がフォークに当たり、カチャンと床に落としてしまった。

「なに慌ててるんだか。会社の人でもいた？」

床を転がったフォークを、藤澤くんが拾い上げてくれる。

私はごく小さな声で、ぽそりと答えた。

「いや、あの……元彼……っぽい、人がいた」

「……」

「でもたぶん……人違い。一瞬だったし……人混みを嫌う人だったから、違うと……思う」

何故か居たたまれなくなって俯いてしまう。

「……男と会ってるところなんて、見られたら困るもんな」

「え？　あ、いや……困りは……」

繕うようなことを口にしてから、果たして私は本当に困るのだろうか、という疑問が浮かんだ。

恐る恐る視線を上げ様子をうかがうと、藤澤くんは頬杖をつき、にこりと軽く笑った。

「それより、このあとどうする？　行きたいところとかなかったらさ、ちょっと寄りたい店があるんだけど」

「……あ……うん、いいよ。何か、買うの？」

「内緒」

そう言った彼は笑顔だったのに、その目が少しも笑っていないような気がして、私はぞくりと嫌な予感に襲われていた。


カフェを出て、大通りの中心から少し離れた場所まで来ると、藤澤くんは、ちょっと待っててと言い、いくつかテナントの入っているらしい建物の中に入って行った。

そしてそれから十分もしないうちに、なんのロゴも印刷されていない、白い厚手のビニール袋を手にビルから出て来た。

「ついてきて」

その瞬間、あのバーに連れていかれた夜を思い出す。

大人しくついて行った先はデパートの紳士服売り場で、階段脇まで来ると、彼はそこにあった多目的トイレの開閉ボタンを押した。

ガーッ、とドアが開く。どうすればいいかもわからず立ち尽くしていると、藤澤くんは私の腕を摑み、ぐいっ、とトイレに引き込んだ。

「ちょ……！　待って、ここ、トイレ……！」

悲鳴を出しきる前に、再び自動ドアが閉まる。

突然の展開に声を失っていると、二人きりになったタイル張りの小さな空間で、彼は私をじっと見た。

こくっ、と息を飲む。何かされる。そう思って、私は沈黙に負けて口を開いた。

「や、だ……。ここ、トイレだよ……」

「嫌って、何が？」

「何って……」

「ずいぶんといやらしくなったな。いま、何考えた？」

どこでスイッチが入ってしまったのだろうか。

卑猥な予感を抱いたことを鋭く指摘され、眉根を寄せて彼を見た。

「その顔、ほんとそそる。あの夜撮った動画、あれから何回見たと思う？　芽衣も見たんだろ？」

心の中を読まれそうな視線に、私は顔を伏せた。

実際、私はあのバーで撮られた動画を幾度も再生した。

最初は怖いもの見たさで。二度目は吸い寄せられるように。そして何度も再生するうち、私は自分の変化に気がついた。

——芽衣の中に、俺のスイッチができるんだよ。

その宣言通り、私の中には藤澤くんの声で動き始める淫らなスイッチが出来ていた。

「芽衣」

私の下の名前を藤澤くんが呼ぶ。

その声で、私のスイッチがカチリと入った。

普段聞かない、静かな声。あの、例の性癖を覗かせる時にだけ出される声に、私はそっと吐息を漏らした。

「これ、開けて」

「……さっき買ったやつ……?」

「そう。芽衣に、プレゼント」

「プレゼント……?」

尋ねても答えはなく、突き刺さるような視線を感じながら私は渡されたビニール袋を開けた。

中にはまた、茶色い紙袋。やけに厳重な包装だと思いながらテープを外し中を見ると、そこには今まで手にしたことのないものが入っていた。

「な……なに?　これ」

私の声が、トイレの中に小さく響く。

「想像して」

想像、と言われて真っ先に思い浮かんだのは、「大人の玩具」という単語だった。

紙袋の中には、コロンと、ピンク色の物体が二つ転がっていた。

一つは、掌にのるほどの小さな長方形の箱。小さな赤いランプと、スイッチのようなものがついている以外は凹凸も何もない。けれどもう一つは——。

「四角い方、取って」

「……は、い」

「こっちは、俺」

「……」

ということは残った方が私、ということなのだろうか。

そうなると、その使用方法はおのずと限られてしまいそうだった。

ふっくらとしたT字形のそれ。くびれのある長い棒は卑猥さを感じさせる形をしていて、私はそれに触れることもできず、ただうろたえていた。

「出して」

逆らえそうもない声音に、恐る恐るそれを手に取る。

「使ったことはなくても、なんとなくわかるんじゃない？　ココが、芽衣のナカに埋まる」

私の手にのるそれの、丸い先端を指差しながら藤澤くんが説明する。

「このイボになってるとこはクリトリスに当たる。あ、こっちの出っ張りは後ろに当たるらしいよ」

「……あ、あの」

「くびれてるから、抜けにくいみたいだし」

うまく声が出せない。触れてみるとひんやりとしていて、思ったよりも柔らかい。その説明通りにこれが自分の体内に埋められたとしたら……。

「入れたまま歩けるってさ」

「っ、……まさか」

「まさかって？　当然、これは芽衣の中に入れるよ」

藤澤くんのあの性癖のスイッチ。それがすでに入ってしまっているのだとしたらもう、私にはどうすることもできない。

それはわかっていたけれど、私はまだ、わずかに抵抗した。

「……どうして、いきなりそんなこと……」

「……さあ、どうしてかな。無性に虐めたくなっただけだよ」

藤澤くんの腕が私を捕えると、手から離れたビニール袋が、カサッ、とタイルの上に落ちた。

「っ……！」

後ろから抱きすくめられ悲鳴を漏らしそうになると、唇に、冷たい感触がした。

玩具の先端が唇に押し付けられる。初めての衝撃に首を振って逃げようとすると、壁際に追い詰められ、腕の檻に閉じ込められた。

「舐めろ」

「……や」

「本物の方が好き？」

「そんな、こと……！」

頬が火照る。すでに責められ始めているとわかった途端、意思を裏切るように、体がざわざわと騒ぎ始めていた。

「……芽衣は俺の、何になったんだっけ？」

「っ……」

「奴隷、だろ。いちいち携帯見せなきゃならない？　どうするんだったっけ？」

耳元で囁かれる半分脅しのような台詞。反抗を奪い記憶を甦らせる声。

どうしてだろうか、息は荒くなり、心臓はドキドキと高鳴る。私の体は責められることを受け入れるように、密かに背筋を震わせた。

「命令、聞けるよな」

男性器を模したようなその形に強烈な抵抗感を覚える。何度も息を飲み、顔色をうかがう私を、藤澤くんは黙ってじっと見ている。

「……は、い」

つっ、と唇を這う妖しい感触に促されるまま、私は彼の言葉に従い唇を開いた。

「いい子だ」

恐る恐る舌を伸ばすと、すぐに何の味もしない滑らかな玩具の表面に触れた。時々、藤澤くんがその手を動かすせいで、つるっ、と唇の上を滑る。

近くの洗面台の上に設置された大きな鏡には、自分たちの姿がありありと映し出されていた。藤澤くんの腕と壁の間に挟まれ、逃げ道をなくしながらも私は、ピンク色の玩具に舌を這わせている。思わず目を背けたくなるような情景に、パチッ、と頭の回路がショートした。

「っ……！」

藤澤くんの腕を摑み顔を背けると、ぐいっとすごい力で手首が壁に押し付けられ、声を上げようとした瞬間、玩具はぬるりと口内に侵入した。

「ン……ッ！」

口を塞がれる息苦しさに声を漏らす。嚙みついたところで何の意味もないぐにぐにとした感触に怯え、私は助けを求めるように首を振った。

「……やらしいな、芽衣」

顎を引かれ、横を見る。その視線の先、鏡の中で藤澤くんと目が合った。

鏡に映る男も、とろけた表情で異物に口を犯されている女も、まるで見たこともない赤の他人のようだ。

藤澤くんの手がゆらゆらと玩具を動かす。ぐちゅ、ぐちゅ、と口の中から聞こえてくる水音に、まるで本当に口淫をしているような気持ちになった。

浅く速い息を鼻から吐いていると、ゆったりとした口調で教えられる。

「これ、遠隔操作ができるんだ」

「ン……っ？」

「ほら、これがスイッチ」

藤澤くんが、手にしていた四角い小箱にあるボタンをカチリと押した。

「ッ！　ン！」

その瞬間、口の中の玩具が、ジィイイッ、と音を立てて細かい振動を始めた。

ピリピリとした刺激に舌が震え、驚いて口から離そうとする。しかし藤澤くんの手でより深く押し込まれ、私はくぐもった悲鳴を上げた。

「ンゥー……っ！」

体を壁側に向かされたかと思うと、藤澤くんの手がスカートの中に潜り込んできた。

あっという間にショーツがずり下げられ、露わになった膣口に、ぴたり、と指先が触れる。

「ああ、やっぱり濡れてる」

「ッ……あ！」

くちゅ、とわずかに埋め込まれた指の感触に声が出る。すると開いた口から唾液《だえき》の糸を垂らして、振動を続けている玩具が引き抜かれた。

「壁に手、ついて。動くなよ」

「や、っ……!!　んっ……！」

ジジジジ、と機械的な音が秘部に迫る。体を振り逃げようとすると、私の唾液で濡れた玩具がお尻の谷間をぬるりと滑った。

「あんまり動くと、入れる場所、間違えるよ」

笑い混じりの囁きが耳元をくすぐる。

人に触れられたことのない後ろの蕾《つぼみ》が危険に晒されているように感じて、私は身を固くして首を振った。

「そこ……っ！　や、やめ……ッ！」

「芽衣が大人しくしてれば間違えないよ。たぶん」

「ふっ……！　……ッ！」

愛液が絡みついた玩具が、振動しながら溝をくすぐる。

間違われるのが怖くて言われたまま壁に手を突くと、藤澤くんのもう片方の手が恥丘へと伸ばされるのが見えた。

「っ、な、なに……っ？」

指先が、くに、と割れ目を押し開く。より露わになったそこに、震える玩具が押し付けられた。

「あ……！　ぁッ！」

指で与えられるものとは明らかに違う刺激に陰核を震わされ、突き抜けるような鋭い快感に、私はあからさまな嬌声を上げた。

「いい声だけど……芽衣、ここがどこだか思い出して」

急に降ってきた冷静な声に、慌てて口を噤《つぐ》もうとする。

ここはデパートのトイレで、ドアの向こうには人がいるかもしれない。それなのに私は、喘ぎ声を抑えきれないほどはっきりと感じてしまっていた。

「い、いや……怖い……です、ご……ご主人、さま……っ！　お願い、止めて下さい……」

馬鹿正直に約束を守って、私は藤澤くんをご主人様と呼ぶ。

これまでに学習した知恵と、本心から縋るような気持ちで懇願すると、藤澤くんは一瞬息を飲んで私の首筋に唇を押しあてた。

「は……っ。……ご主人様って呼んだからって止められるわけがないだろ。それ、逆効果」

「えっ……！」

「むちゃくちゃに突き入れたくなったよ。……お前、どれだけ俺に我慢させるんだ」

「えっ……ぁ、あ……っ、ぁっ……！」

願いが聞き入れられることもなく、ぐずずずっ、と濡れた肉壁を削るようにして、無機質な機械は体内に埋められた。

「もっと気持ちよくしてあげたいけど、いまはおあずけ」

「あ、あ……！」

ずん、と鈍い衝撃を最奥に与えて、玩具の侵入は止まった。

藤澤くんが膝に引っかかっていたショーツを上げ、私の乱れた前髪を直してくれる。

体の内側に残る異物感。敏感な突起には細かな凹凸があたり、お尻の方にも、出っ張りが触れていた。

「じゃあ、芽衣。これからウィンドウショッピング、しようか」

その言葉を、私は信じられない気持ちで聞いた。

嫌な予感はしていた。けれどそんなことはあり得ないと自分に言い聞かせていた。

スイッチは切られ振動は収まったものの、このままでは一歩も動けそうにない。

整い切らない息を吐き立ち竦んでいると、藤澤くんは私の手をぎゅう、と握り、そしてそのままあっさりと、私をトイレの外へと連れ出した。


休日の街は賑やかで、どこを歩いても周りは人でいっぱいだった。

足元がおぼつかない。まるで貧血でも起こしたように視界は薄くぼやけているのに、頬も体もひどく熱くて、握りしめられた手にはどんどん汗が溜まっていく。

救いなのは、思ったよりも藤澤くんがゆっくりとした歩調で歩いてくれていることぐらいだ。

デパートからまだ数分しか歩いていないというのに、すでに何キロも歩いたように足が重い。

「大丈夫?」

くすりと笑って、私をこんな状態にさせた張本人が背中を撫でる。ただそれだけの刺激にも妙な気分をかき立てられて、私は、くっ、と唇を噛んだ。

脚を踏み出せばごつっ、とした違和感を覚え、立ち止まれば異物の存在を思い出す。俯いて屈みこんでしまいたくても、藤澤くんも人の流れもそれをさせてはくれない。

「ふ、ぁ……もう、……もう……」

抜いて、そう言おうとしたとき、彼の足がぴたりと止まった。

ブランド店の立ち並ぶ通りの一角。そこは、テレビでも雑誌でもよく見る有名店のドアの前。

「ここ、入ってみよっか」

「えっ……！」

「あんまり突っ立ってると、変に思われるよ」

そう言うと藤澤くんは、私の手を引きお店のドアを開けた。足を一歩踏み入れると、店内にいた店員が笑顔で迎え入れてくれる。

ほのかに香水の香りが漂う上品な雰囲気。ゆったりとしたクラシック調のＢＧＭ。自分一人では決して来ない場所。

藤澤くんは、優しく私の手を引いてエスコートする。

よろつく足でついて行くと、ハンガーに掛けられた洋服を選《よ》っては私の体にあてがい、どうやら何か見繕ってくれているようだった。

「んー……これは派手すぎ」

「あ、あの……」

「あ、これとか似合いそう」

そう言って渡されたのは、ショコラ色のツイードのワンピースだった。ノースリーブの肩には大きめのリボンが綺麗にあしらわれ、ぱっと見は半袖のようだ。背中は大きく開いていて、ウエストからジッパーが伸びている。可愛い服だと思う。けれど自分では決して選ばないであろうタイプの服だ。

手渡されたハンガーを手にどうすればよいか考えあぐねていると、藤澤くんはぽんと私の肩を叩いた。

「試着、してみて」

「え？」

「お店の人に頼んで」

この状態で試着室まで行き服を着替えるという行為は、途方もなく勇気を必要とすることだった。視線をおろおろと泳がせる。身動きができなくなって固まっていると、藤澤くんはにこりと笑って、残酷なほど爽やかに店員を呼んだ。

「すみません、試着させてください」

その声に、上品な笑みを浮かべて女性が近づいてくる。

「はい、かしこまりました。お品をお預かりします」

まさか、スイッチ入れないよね。

手にしていた洋服を店員に渡した瞬間、私の危惧を嘲笑うかのように、体の内側が振動を始めた。

「っ……！」

「試着室はあちらです。どうぞ」

「……は、はい」

ふるっ、と全身が粟立つ。

恨みがましい目で藤澤くんを見ると、彼は、行ってらっしゃい、と手を振った。

絶え間ない振動が骨まで響いてくる。

周りに気取られないように、足がふらついてしまわないように、そして何より、反応してしまわないように、私はできるだけそっと歩いた。

平静を装おうとすればするほど、自然体ではいられなくなり、どうすれば普通なのかがわからなくなる。

どうして私はこんなことをしているのだろう。どうして私は黙って従っているのだろう。

一歩を踏み出すごとにトクトクと下腹に熱が溜まっていくのを感じて、私はぎゅうと手を握りしめた。

ようやく試着室へと辿りつきドアを閉めると、役目を終えたと言わんばかりに、あっさりと玩具は振動を止めた。

目の前の大きな鏡を見る。そこには頬を赤くした顔に安堵の色を浮かべる自分の姿があった。

熱を持ったままの秘所から意識を剥がし、私は服を脱ぎ、ワンピースに袖を通した。

「着た？」

ちょうど服を着たところで外から藤澤くんの声がした。

「……はい」

「開けるよ」

かちゃ、とわずかにドアが開けられ、彼の顔が覗く。

「お、似合う。いいね」

私は、体内に残るぴりぴりとした刺激を感じながら、何と言っていいかわからずただ黙って俯いた。

「このブランドさ、よく見かけるよね」

「え……？」

藤澤くんが、前触れもなくそんなことを口にした。

「街でも鞄とか持ってる人見るし、テレビでも見かけるし」

自分には縁はないものの、この国で知らない人はいないのではないかと思うくらい、このブランドは有名だ。

言っていることの意味がわからず首を傾げていると、ふいに藤澤くんの手が私の頬を撫でた。

「思い出ができたね、芽衣」

その意地悪な眼と、一言で、彼の意図を理解した。

「前に言ったの覚えてる？　記憶に埋め込まれるって」

目の前に、あの四角い小さな箱が差し出されたかと思うと、指先がカチリとスイッチを入れた。

玩具が再び振動を始める。

「っ……、覚え、て……ま、す」

「ここの鞄とか、服とか、見るたびにこのことを思い出すんだろうね」

偏執的なその言葉に、ぞくりと震えが来た。

きっと私は思い出す。馬鹿みたいに単純に、今日の出来ごとを。繰り返し繰り返し、何度も。この異物感も、そして否定しがたい快感も。

震える玩具が体内から私を苛《さいな》む。秘核が腫れているのがわかる。きっと、ぐずぐずに濡れてしまっているだろう。

「いかがですか?」

穏やかな店員の声が、私を現実に引き戻す。

「あ……えっ、と……っ」

「お似合いですね、雰囲気にぴったり」

「うん、綺麗だ」

縋るように視線を送ると、藤澤くんは服ではなく、熱にとろけた私の顔だけを見て、そう言った。

結局あのワンピースは、思っていたよりも一ケタ金額が高いから特別な時に、と正直に申告され、陳列棚に戻って行った。

その代わり、と、藤澤くんはアクセサリーのようなストラップを買ってくれていた。

「もらう理由がない」と最初は断ったけれど、「冷やかしの上に返品はさすがに無理」、と言われ、私はそれを受け取った。

それから私たちは、大通りから外れた場所にある小さな公園に来て、ベンチに座っている。

休日だからか、公園内には家族連れやカップルがちらほらといたものの、サツキの植え込みがちょうどよく周りの視線を遮ってくれていた。

どうやってここまでたどり着いたのか記憶は曖昧だったけれど、ぴたりと体の右側に触れている藤澤くんの体を、私はぼんやり、温かいと思っていた。

すでにあの振動は止まっているというのに、じりじりと下火に炙《あぶ》られるような感覚が、いまだ全身を包んでいる。冷たい木の背もたれに背中を預けていると、彼は私の頬にかかった髪を直してくれながら口を開いた。

「……目がまだいやらしいままだ」

「だって……………感じ、ちゃいました……」

「……」

「ご主人様が……意地悪するから」

脳はすでにショートしていて、私はただ中空を見つめていた。

慣れない敬語も単語さえも、理性の働かない状態ではするりと口から零れ落ちる。

「……なんで、そこまで従うことができるんだ？」

「え……？」

「……ただ淫乱なだけ？」

顔を向けると、藤澤くんはポケットからあの四角い箱を取り出し、ひとつ溜息を吐いた。

「ああ……でもそっか」

何か一人で納得したような顔をして、彼は突然、あのスイッチを入れた。

「っ……！」

いまだ収まりきらない性感が煽られ、再び加熱されていく。

「芽衣は元々エロいんだった。あり得ない誘い掛けてくるくらいだもんな」

「え、あっ……、ま、待って……っ！」

カチ、カチ、と振動の強さを上げる音が耳に届く。

「んっ、ぁ……！　だ、だめ」

両手で藤澤くんの腕を摑み、精一杯抑えた小声で制止しようとする。けれどそれも虚しく、藤澤くんは喘ぎ始めた私を一瞥《いちべつ》した。

「なにが？」

ちらっ、と周囲を見渡す。

植え込みの隙間から見える子供連れの家族。談笑する恋人たち。彼らには私たちが何を話しているのかは恐らくわからない。けれど互いの表情ははっきりと見える距離だ。

「こ、こんなところで」

「そう、こんな場所でお前、どんな顔してるかわかってる？　しかも虐められて喘ぐようなやつの〝駄目〟なんて信用できない」

「っ、そ、んな……だって」

そのどこかイラつきを滲ませたような口調に、私は思わず尋ねてしまった。

「な、なにか、怒ってるの……？」

見上げた顔に笑顔はなく、振動は最大にまで上げられた。

「あ、う……っ！」

深く突き刺さった棒が膣内を、ぴたりと貼りついた突起が花芯と後ろの蕾を責める。

座っていると余計に押し付けるような形になっているのだと気がつき、私はベンチに手をつき腰を浮かせようとした。

けれどその動きはすぐに気取られた。ふいに肩を抱かれ、ぐっ、と重く体重がかけられる。

はたから見れば、ただ仲の良い恋人同士に見えるだろう。

抱き寄せられた上半身が藤澤くんに密着する。腰を浮かせようと必死の抵抗を試みたものの、それは全て徒労に終わった。

「そんなに気持ちいい？」

声が溢れだしそうになって、私は藤澤くんの肩に顔を隠した。誰にも見られたくない。いまの顔も、体の奥でむくむくと育っている快感も。

子供のはしゃぐ声が遠くに聞こえる。弱い陽の光が差し込む冬空の下で、私は湯気のような吐息を漏らしていた。

「だ、だって……こんなことされたら、感じちゃう……あっ……！」

湧き上がる震えに体を固め脚をきつく閉じると、私の体は勝手に玩具を締め付け、独りでに性感が燃え上がった。

ベンチに突いた掌にまで細かな振動が伝わってくる。私は思わず助けを求めるように藤澤くんを見た。

「……っ、もう、おかしく、なる……っ！　いっちゃう……！」

「もう？　淫乱だなぁ」

「やっ……！　ちが……っ」

ふるふると繰り返し首を振り、駄々をこねる子供のように、私は受け入れがたい現実から目を背けようとしていた。

「淫乱じゃない？」

「ち、がぅ……っ」

「そっか。違うか」

また、カチ、とスイッチの音が聞こえ、今度は徐々に振動が弱まり、ついには熱すぎる余韻だけを残して完全に止まった。

「ん、ぅっ、……ふ……っ、ふ、ぁ……っ」

媚びるような息が漏れる。あと少し刺激を与えられれば達していたというところで寸止めをされたことに、私ははしたなく不平を漏らした。

「ど、して、止め……」

ぐいっ、と顎が摑まれる。隠していた顔を覗きこまれると、再び体内に振動が響き渡った。

「ふあっ、っ……！　ぁ、ッ！　ん、ん……!!」

「淫乱じゃないって言うなら、気持ちよくならなくても平気だろうなって思って」

「あぅ……っ！　ぁ……っ、また……っ、止ま……っ」

絶頂に向かう波がうねり始めると玩具は動きを止め、熱が過ぎ去る前に再び動き出す。

カチ、カチ、カチ、カチ、と藤澤くんの指先は、スイッチを入れたり切ったりを繰り返し、数秒おきに、刺激が与えられては奪われ、そしてまた与えられた。

すっかり翻弄《ほんろう》されて絶え間なく喘ぎ声を漏らす私の唇を、藤澤くんの指がなぞる。

「そんなに欲しい？」

「えっ？　ん……！　っあ……！」

「気持ち良くして欲しい？」

スイッチを切られれば次の刺激を待ち侘《わ》び、スイッチを入れられれば、ずっと止めないで、と願う。

黙り込んだことを叱るように、突然最大にまで上げられた振動が襲いかかる。

「芽衣」

いやらしいことをするときだけの特別な意味を込めて、藤澤くんが私の名を呼ぶ。その声に反応するスイッチが私の中にはすでに出来ている。

藤澤くんがご主人様になって、私が奴隷になるスイッチ。

それは、責められて、堪らない快感が訪れる合図。

「ア！　あ、っ、あ！　っ、イッ……！」

カチッ、と小さな音を立て玩具は再び沈黙する。貪欲さを増した秘肉はとめどなくひくつき、もう、肩を押さえられずとも、私はぐっ、と自ら深く腰を落としていた。

「返事は？」

心も体も、もはや抵抗する理由を失っていた。

「……ほ、欲しい、……です」

体の内側で、ぐつぐつと熱湯が沸き立っているようだ。

周囲の景色は少しも目に映らず、私はただ目の前の藤澤くんだけを見ていた。

「ぁ……っ！」

スイッチに添えられた指が動くのを見ただけで、体が硬直し刺激に備える。

「勝手にイクなよ。芽衣は俺の……奴隷なんだから」

ひとつひとつの単語が脳を侵す。

「芽衣」と藤澤くんが私を呼び、「奴隷だ」と宣言する。

「や……ッッ！　だ、め……！　もう……っ!!」

肩に顔を埋め訴えると、振動がまた段階的に、カチリ、カチリ、と小さくなっていった。

ああ、止まってしまう。こんなに気持ちいいのに。あと少しで、イケるのに。

「イキたい？」

藤澤くんの指が、あのスイッチに触れる。

お願い、止めないで。

「……っ、い、イかせて……欲しいです……っ」

言い淀みながらも、私は最初の夜に教えられたとおり、はっきりと自分の欲求を口にした。

「ご主人、さ、ま……っ！　お……、おねがい、……します……っ！　イかせて……っ！　イかせてください……！　イキたいです……っ、お願い……！」

眉根を寄せた藤澤くんが荒く、短い息を吐いた。

「……あんまり刺激するな。抑えられなくなるだろ……っ」

彼の親指が頬をなぞり、唇に触れ、私の喘ぎ声の向こうで小さく呟いた。

「……そこまでして変わって、見返したいのか」

周りにばれないように、なんて考えは、もう欠片も残っていなかった。

「だ、め……っ、あ、あっ、ごしゅじ、さま……っ！　いっちゃ、う……っ!!」

両手で藤澤くんの腕を握り、縋るようにそう告げると、苦い表情をした藤澤くんの顔が近づいてきた。

頭を抱き寄せられる。そして激しく唇が触れ合った瞬間、私はくぐもった絶頂の声を上げた。

ようやく唇が解放され、熱く荒い息を隠すように顔を藤澤くんの胸に埋めると、カチリと呆気なく振動は止まった。

荒れ狂った絶頂の波はまだ、体内をぐるぐると渦巻いている。

「……佐野」

抱き締められ真っ暗になった視界の中、藤澤くんの声が耳に届いた。

どうして下の名前を呼ばないのか不思議に思いながら、呆けたままの顔を上げる。

「……いや、何でもないよ」

けれど藤澤くんは何かを思い直したように、私の頭に掌をのせ答えを濁した。

そのことに違和感を覚えながらも、私はただ、唇に残るキスの感触と心地よいその手の温度に、どこか満たされたような気持ちを抱いていた。

5

嵐のような快感に翻弄されたあの日から、藤澤くんからプライベートなことに関しては一通のメールさえ来ることもなく、一週間が経ち、そして二週間が経った。月末の繁忙期ということもあって会社ではほぼ毎日顔を合わせてはいるけれど、全て事務的な会話に終始した。

その態度はまるで、事の発端となったあの夜からの出来ごとが全てなかったことにされているようで、時折見かける笑顔さえ作られたもののように思えた。

唇には藤澤くんのキスの感触が生々しく残っていて、携帯にはあの日を証明するように、貰ったストラップが揺れている。

なにか怒らせるようなことをしただろうか。それともいよいよ、軽蔑されてしまったのだろうか。

カタカタとキーボードを叩き、毎月恒例の社内報の仕上げに取り掛かっていると、マナーモードにしていた携帯電話が鞄の中で震えた。

一瞬、藤澤くんからの連絡かと思い、急いで携帯を開く。

そこに表示されていたのは、四ヵ月前に別れた元彼の名前だった。

『久しぶり、元気？』

『この間、街で芽衣のこと見かけて、元気かなって思って』

ドキッ、とする。あの人混みの中で見かけた姿はやはり彼だったようだ。だが一体、どの場面を見られたのだろう。

『今夜さ、飯でも行かない？　ちょっと、話したいことがあるんだけど』

完全に忘れられてはいなかったのだ、と一瞬心が動く。けれど同時に、今頃になってなんだろう、と、疑念が湧いた。

とっくに振られた相手からのメールに、簡単に心を動かされてしまう自分を情けなく思いつつ、出力した書類を取りに行く。

大きなコピー機の置かれたフロアの隅へ行くと、目の前にばさっ、と書類の束が現れた。

「おーい、佐野ー」

「え？」

はっと顔を上げると、そこには怪訝そうな表情をした藤澤くんの姿があった。

「三回呼んだ。いま大丈夫？」

「あ！　ご、ごめん。大丈夫」

「……？　なにボーっとしてるの」

尋ねられた質問は、社内で答えるには憚《はばか》られる内容のような気がして、私は咄嗟に誤魔化した。

「ううん。ごめん、聞こえてなかった」

「ん？　なんかあった？」

「なにも、ないよ」

「なんでもないって顔はしてないように見えるけど？」

「……えっと……」

ちらっ、と周囲に視線を巡らせる。菜月ちゃんはパソコンを凝視していて、先輩も上司も忙しいらしく周りに気を回している気配はない。

「実はさっき……元彼から連絡あって……今日会わないかって……」

俯いたまま呟くように言ったものの返答はなく、聞こえなかったのかと思ったころ、ようやく藤澤くんは口を開いた。

「……廊下で話そっか」

「え……？　あ、うん」

廊下へ出て、促されるまま非常階段へと続くドアをくぐる。人気のない薄暗い空間にコツコツと足音だけが響いた。

「一応……アドバイス」

「アドバイス？」

そう言って、藤澤くんは踊り場の手すりに寄りかかった。

「……男が別れた元カノに連絡するのって、ほとんど下心だと思うんだよね」

「……下心……？」

「単純に、ヨリを戻したい、とか、あわよくば体の関係を持ちたい、とか。だからもし、彼氏できた？　とか聞かれたら、彼氏はいない、って答えてみて」

そこまで言われてようやく、今、藤澤くんは元彼を見返すためのアドバイスをしてくれているのだと気がついた。

——佐野が元彼を見返すことができたり、ヨリが戻るまでっていう条件付きで。

秘密の関係を始めるときに交わした条件を思い出すと、何故か心がざわついた。

今まで改めて考えたこともなかったけれど、もし、その条件が満たされてしまったら、この関係はどうなるのだろうか。

「……意味深な言葉、だね」

「少しくらいは駆け引きしないと」

そうやって駆け引きをして、もし元彼を見返すことができたら。万が一、ヨリを戻すことができたら。

——去る者は追わず。

あの言葉通り、この関係は何の後腐れもなく終わるのだろうか。

経験を積み、変わる。性癖を満たし、愉《たの》しむ。そんなお互いの利害を計算した上での、割り切った関係。

私も最初、それを望んでいたはずだ。

「……うまくやれるかな」

苦笑いを浮かべながら俯くと、藤澤くんはポケットから携帯を取り出した。

「大丈夫」

「え？」

藤澤くんの体が迫り、腕に捕まる。背後から抱きかかえられると、背中が彼の胸にぴたりとついた。

「見たよね、これ」

「……っ」

心臓の高鳴りを隠すように、きつくスカートを握りしめる。

携帯の画面の中では、あのバーでの動画が再生されていた。

切なげな顔でとろけた喘ぎ声を漏らす、自分の映像。

「この動画、自分でどう思う？」

「い……いやらしい……」

「そうだね。いかにも感じてるって顔してて、すごくそそられる」

画面から目を離せない私の耳朶に息をかけながら、藤澤くんが囁く。

「ちゃんと、男から見て魅力的。ほら、この顔とかものすごく興奮する」

動画の中で、藤澤くんの指が私の唇をなぞった。

あの時の感触が甦って、勝手に鳴った喉の音に気づかれないよう、ことさらゆっくりと息を吐く。

「変わりたいって言ってたのはさ、要は、自信つけたいってことだと思うんだけど」

「自信……」

「これでも不感症だって言える？」

「……違うと思う」

「触られて感じなかった？」

首を振ると、藤澤くんの手が私の頭を優しく撫でた。

「最初に、キスもセックスもしないなんて、言わなきゃよかったって思ってた。ちゃんと〝そそる女〟だったよ。まぁ……我慢できずにキスはしちゃったけど」

「……う、うん」

頭を抱き寄せられ交わした激しいキスの感触は、まだ唇に残っている。

「でも、俺の出番はココで終わり」

「え？」

携帯電話の画面を見ると、藤澤くんは、その動画を削除しようとしていた。

『削除しますか』というメッセージに、はい、が選択される。あっという間にそのデータは消え失せ、『削除しました』というメッセージが表示された。

ズキン、と一瞬、胸が痛む。

「こんなの俺が持ってたら怖いだろ？　佐野の携帯のデータも消していいから」

受信ボックスに残っていた、私の送ったメールも同じようにして削除され、藤澤くんの携帯電話から私との秘密の関係の証拠がなくなった。

背中を向けているせいで、彼がどんな顔をしているのかが見えない。

「相手の目を見て、ちゃんと笑って、言えなかった気持ちを伝えてきたらいい。佐野なら大丈夫。頑張れ」

笑いながら明るい口調で言って、藤澤くんは私にその表情を見せることなく体を離した。

得体の知れないもやもやとした感情が胸の中で膨れ上がり、ぽん、と叩かれた肩が、ずしりと重くなった。

非常階段の金属のドアが、バタンッと大きな音を立てて閉まる。

藤澤くんとの異常な関係は、綺麗さっぱり解消された。もう、命令に従う必要も、脅される心配もない。あとは最初に願っていた通り、元彼のところに行けばいいだけだ。

それなのに何故か私の心臓はズキズキと、徐々にその痛みを増していた。


付き合っていたころによく行っていた居酒屋の個室席で元彼と向かい合うと、まだ四ヵ月しか経っていないというのに、ずいぶんと長い間会っていなかったような気がした。

久しぶり、と笑顔を向けられても、元気だった？　と尋ねられてもうまく笑みを返せない。

スーツ姿も会社帰りに会うというシチュエーションもあの頃とまるきり一緒で、彼の変わらない態度にも、また一層心が乱れる。

お世話になっている上司の話、友達と遊んだ話、飲み会での出来ごと。どれも付き合っていたころと全く変わらぬ話題で、私はただ上の空で相槌を打っていた。

テーブルにのる料理はほとんど手つかずのままで、頼んだカシスウーロンにも少ししか口をつけていない。けれど彼は饒舌《じょうぜつ》で、すでに二回、ジョッキのビールをおかわりしていた。

がやがやと談笑に満ちた店内で、まるでタイムスリップをしたように現実が摑めない。彼の笑顔が、既に別れているという認識の邪魔をしているようだ。

「ところで芽衣さ、彼氏とかできた？」

ふいに尋ねられて、私は我に返った。サラダにつけていた箸を止める。

「え？」

「いや、できたかなーと思って」

彼の質問の意図がわからないまま、私は答えた。

「……彼氏は、いない」

「なんだそれ。彼氏は、って」

藤澤くんが助言してくれた通りに答えたものの、その後はどうしたらいいのか悩む。

彼はテーブルに頬杖をついて、再び尋ねた。

「別れてから、どうしてた？」

「……ヤケ酒したり、いつもしないようなことしてた」

「芽衣が？　意外だなぁ」

ははっ、と笑う彼にうまく返事をすることができないまま、料理に手をつける。

頭の中では、彼に振られてからの出来ごとが勝手に思い出されていた。

別れを告げられた時に言われたこと。「真面目」と言われた自分を変えたくて、藤澤くんに持ちかけた秘密の関係。

それから二人の間で起きたことは、それまでの経験とはまるで違う鮮明さで記憶に刻み込まれている。

——相手の目を見て、ちゃんと笑って、言えなかった気持ちを伝えてきたらいい。

藤澤くんの言葉が脳裏をよぎる。

私は彼の目を見て、にこりと笑ってみせた。

「……あのままじゃ、駄目だと思って。変わろうとしてたの」

「変わる？」

「言ってたでしょ？　私のこと、つまらないって。だから変わりたくて……いつもしないようなこと、してた」

「ふぅん。いつもしないようなことね」

何か意味ありげな笑みを返されて、私は心の中を見透かされないようそっと目を伏せた。

いつもしないどころか、決して尋常とは言えないようなことをしていたと改めて思う。

縛られて、執拗に責められて、玩具を入れて街を歩いたりもした。あられもない喘ぎ声を上げて、絶頂を迎えた。

思わず記憶が甦りそうになり、腕を抱いて、快感に震えた体を隠す。

なかなか減らない料理はどんどんと冷めていき、四杯目のジョッキが空になったころ、おもむろに彼は言った。

「芽衣さ、男がいるだろ」

「え……？」

「この間、街で見たとき一緒にいたやつ」

突然の指摘にどきりとする。やはりあの時、藤澤くんといるところを見られていたのだ。

頬杖をついたまま、料理に箸を伸ばしながら彼が笑う。

「でも彼氏はできていない、と」

顔を覗き込まれる。私はいたたまれなくなって、本当のことを答えた。

「彼氏じゃないよ。会社の人」

「彼氏でもない同僚と休日に遊びに、ね。芽衣らしくないなぁ」

「そう……？」

「少しは、遊べる子になったってことかな」

見返したいのならきっと、ここで軽く、そうねとでも笑えばいいのかもしれない。それなのに、彼の不穏な微笑みに、ぞくりと寒気を覚える。

「ごめん……ちょっと、お手洗い……行ってくるね」

理由のわからない悪寒《おかん》から逃げるように、私は席を離れた。

用を済ませ洗面所から出る。

すると目の前に、細い通路を塞ぐようにして彼が立っていた。

「……どうしたの？　おトイレ？」

「ん？　まあ、うん」

軽い口調でそう言うと、彼の腕が突然、私を壁に押し付けた。

「えっ、なに!?」

驚いて目を見開く。

店内の喧騒から少し離れているとはいえ、いつ人が来るとも限らない場所だ。至近距離に迫った彼の顔を見上げると、彼はにやっと笑って私に聞いた。

「ねぇ芽衣。その男とはもうした？」

キスをされそうなほどに近づいた彼の口元から、アルコールの匂いが漂ってきた。

その腕の感触には、懐かしさと言うより違和感を覚える。

ドクドクと鼓動を速める心臓を無理矢理なだめながら、私はようやく答えた。

「し……したって？」

「セックス」

「……して、ない」

「んー？」

「してないよ」

「怪しいなぁ」

嘘はつかなくてもいい。藤澤くんが、万が一元彼と再会したとき、後ろめたさを感じなくてもいいようにしてくれたから。

彼の指が、うなじをゆっくりと撫でる。

「だってさ、街で見たときの芽衣の顔、なーんか色っぽく見えたんだよね」

「え……」

「思いっきりオンナの顔してたけど、本当にただの同僚？」

くすくすとからかうように笑いながら、彼は私の耳元で囁く。

私はこちらに近づいてくる人の足音に我に返ったふりをして、顔を背けて言った。

「ひ、人、来ちゃうよ」

「あれ、セフレとか？　俺も芽衣と遊びたいな」

意外なことに、彼から誘いをかけてきている。望んでいたはずのチャンスだ。

思ったことも少しは正直に言えるようになった。わずかだけれど自信も持てた。別れたころと比べて、きっと私は変わったはずだ。

いいよ、と頷いて、彼についていけばいい。そしてそれから、と、彼に抱かれる自分を想像した時、堪らない不快感が湧いて鳥肌が立った。

「芽衣の真面目なとこ重かったけど、今はだいぶ変わったみたいだし」

そう言うと彼は突然、私の顎を掴み、上を向かせてキスをした。笑みの形のままの唇がぴったりと触れてくる。

見返したかった。変わりたかった。そして愛されたかった。本気で求められて、必要だと言われたかった。

けれど、こんなお遊びみたいなキスなんて、欲しくはなかった。欲しかったのは、藤澤くんにされたような――。

「……嫌……離して」

そこまで思って、ようやく私は、自分が本当に変わっていたことに気がついた。

焦がれたはずの腕に抱き締められているというのに、胸が高鳴らない。キスだって、少しも嬉しくない。

「そんな冷たいこと言うなよ。ここの近所にホテルあるしさ。お前も寂しかったんだろ？」

藤澤くんに持ちかけたあの選択は性急で、そして間違いだったかもしれない。けれど私は変わってしまった。

望んでいた通りの自分になれたのかはわからなかったけれど、確実に、元彼を見返したいと思っていた自分ではなくなっているようだった。

脳の中には忘れられない記憶がたっぷりと詰まり、体には、藤澤くんが作ったスイッチがそこかしこに埋め込まれている。

射抜くように真っ直ぐ私を見つめる視線。頭を撫でてくれる優しい掌。私の名前を呼ぶ、あの声。

「な？　芽衣」

首筋に触れた唇の感触に、心が悲鳴を上げた。

この人は、違う。

元彼を見返したいと思っていた気持ちも、あんなに恋しく思っていた気持ちさえも嘘であったかのように、嫌悪感だけがムクムクと大きくなっていく。

「……嫌。できない」

「なんで?」

首筋に口を寄せていた彼が、不機嫌そうに眉をしかめる。

「嫌なの? もう俺のこと、好きじゃない?」

「……いま、触られて嫌だと思ってる」

「なんだそれ。それとも何? やっぱりその同僚とデキてんの?」

勇気を出して口にした拒絶の言葉にも躊躇うことなく、彼は挑発するような表情をして顔を近づけてくる。

「……違う。でも――」

再びキスをされる直前、私ははっきりと、自分が今、誰のことを一番想っているかを思い知った。

この気持ちが正しい恋愛感情なのかわからない。普通じゃないことだけは確かだ。

けれど、たとえ縛られてもいい。玩具のように弄ばれても、責められてもいい。藤澤くんに見つめられて、そして名前を呼んで欲しかった。

「芽衣?」

「……呼ばないで」

自分を呼ぶ声に激しい違和感が襲ってくる。目の前には三年近く付き合った彼の姿がある。その声も、数え切れないほど聞いていたはずなのに、何かが違う、と思った。この声では、私のスイッチは入らない。

「私の名前、呼ばないで」

コツコツと足音が近づいて、迷惑そうにこちらを見る人の姿に彼の体が一瞬離れた。

その隙に、私は彼の腕から逃げた。

「帰るね」

深呼吸をするように息を吸い込むと、私はきっぱりと言った。

ぐいっ、と唇を手の甲でぬぐう。

再び名前を呼ぶ声が背後から聞こえたけれど、私は鞄を手に取り、逃げるようにして小走りに店を出た。

そしてそのまま、記憶を手繰るようにして夜の街を歩き始めた。

6

少し迷いながらも何とか藤澤くんのマンションに辿り着く。エレベーターを上りドアの前に来ると、膝が震えて私は苦笑した。

灰色のドアの向こうからは何の音も聞こえず、家の主がそこにいるのかどうかわからない。

勢いのままにここまできてしまったものの、インターフォンを押す決心がつかず、ドアの前で荒い息をまず整える。

すると突然、部屋の中から物音が響き、ドアがガチャッ、と勢いよく開いた。

「うわッ！　佐野⁉」

「えっ⁉　あっ、あの……！」

恐らく私と全く同じ反応だろう、心底驚いたという顔がそこにはあった。

準備しきれていない心臓が、ばくばくと落ち着かない。

「その、えっと……ごめん、突然家にまで来て。あの……出かけるところだった？」

「いや……それより、どうした？　飯、食べに行ったんじゃなかったっけ……？」

びゅうっ、と夜風が髪を乱す。

若干の気まずさも感じながら耳に髪をかけ直し、私は大きく息を吸い込んだ。

「うん……あの、実は……逃げてきちゃった」

「逃げた？　ああ、それより部屋入って。冷えるから」

「でも出かけるところなら、私――」

「いいんだ。佐野に用があったんだから」

「私に？」

「……いいから」

ぐっ、と手首を摑まれ、部屋の中へと引き込まれる。導かれるままに慌てて靴を脱ぎワンルームの部屋へと入ると、そのままソファーに座らされた。

「逃げてきたって、どういうこと?」

「えっと……」

ソファーに腰掛けた私に向かい合うようにして、藤澤くんが床に座る。

返答を求める目に、私はゆっくりと言葉を返した。

「元彼に……遊ぼうって……ホテル行こうって、言われて」

「うん」

「触られたり、名前、呼ばれたり……して」

「……それから?」

「キ……キス、されたり……した。でもそれが、全然、嬉しくなくて」

言い淀んでも先を促され、消え入りそうなほど小さな声で答える。

「嬉しくない?」

「……嫌だと思った。触られたくなかったし、名前、呼ばれたくもなかった」

ぽつりぽつりと零す話を、藤澤くんは急かすことなく聞いてくれる。

私は、自分の気持ちを素直に吐露していった。

「私、あの時からずいぶん変わっちゃってた。会いたくて、見返したくて、やり直したいって、思ってたはずなのに」

そのどれもが、いまの自分の中に存在しない感情だと、彼に会ってようやくわかった。

自分を酷く軽薄なものに感じる。

それでも堪らなく嫌だと思ってしまったのだ。元彼を恋しく想っていた気持ちが、私の中からはすっかり消え去っていた。

そして代わりにできていたのは、藤澤くんによって作られたスイッチだ。

「……あのさ、佐野。聞いて欲しいことがあるんだ」

耳に痛いほどの沈黙が流れしばらくすると、藤澤くんは、ひとつ息を吐いて口を開いた。

「映画に行ったときに言おうと思ってて……でも言えなかったことがあるんだけど」

「なに……?」

藤澤くんは、はー、と深く溜息をついて頭を掻いた。

「最初の夜はほとんど酔った勢いだった。……正直、遊びだった。でも——」

静かな部屋の中ではどの音も鮮明に聞こえて、私は一言も聞き洩らさないよう、ただ黙って聞いていた。

「佐野は流されてるだけだったかもしれないけど、俺は……どんどん佐野に溺れていってた」

肌寒さを感じる部屋の中、スカートの上で握り締めた掌はうっすらと汗をかいていた。

「忘れられない出来ごとは人を変えるって言ったの、あれ、本当は自分のこと」

藤澤くんの掌が、ふいに私の手を握った。

その感触に、じわりと胸が温かくなる。

「前に俺が、人に執着したくないって言ったの、覚えてる?」

「うん」

「本当は……欲しいものは全て自分のものにしないと気が済まない。独占欲も強い。でも、性癖も含めて受け入れてもらえることなんて今までなかった。だからもういっそのこと、何も望まないようにしてた」

「……諦めてたんだ」

「そう。でも今までは、すごく我慢してたって訳でもなかった。本心から欲しいって思う相手がいなかったから」

そこまで言うと、藤澤くんは私の掌をぎゅう、と強く握りしめた。

こちらを見る視線が熱いものに変わった気がして、思わず息を止める。

「でも……佐野のことは欲しくなってた。みっともない嫉妬までしたし」

「嫉妬？」

「バーで……叩かれてるの見たときも、街で元彼を見かけたって言われたときも」

「……」

「特に街でのことはものすごくイラついた。俺と一緒にいるのに、佐野には他の男が入り込める隙間があるんだなって思ったら……そんなもの全部、消したくなった。だから、つい、玩具使って連れ回したり……」

あの日、どこか不機嫌だと感じた自分の勘は正しかったのだと思い出す。

「どれだけ嫌がられたとしてもそれでよかった。その分、俺のことを忘れられなくなるはずだから」

連れ込まれたトイレ。体内に埋まる異物の感触。数時間にも満たない間に起きた出来ごとを思い出して、ふるっ、と体が震えた。

「もし佐野が他の男のところに行ってしまっても、いつまでも俺を思い出させたかった。絶対に忘れられないようにしてやりたかったんだよ」

「……そ、そんなに？」

私に溺れているという言葉を、私は半信半疑で聞いていた。急に言われてもうまく実感が持てないという方が近いかもしれない。

正直な疑問を口にすると、藤澤くんは優しく笑う。

「佐野は自分のことを過小評価しすぎ。さっきは俺、佐野のこと取り返したくて探しに行こうとしてたんだよ」

顔を上げると、藤澤くんの顔がすぐ近くにあった。公園でキスを交わした時と同じ距離。

「よく考えたら、どこにいるかもわからないんだった」

「でも私、ものすごく馬鹿だよ……。見返すとか、すごく意味ないことだったのに。……ごめんなさい」

謝ると、彼の腕が私の腰を抱いた。ぐっ、と体は近づき、互いの体温を感じる。

「元彼を見返すことはもうどうでもよくなったんだよね」

「……うん」

「じゃあ、佐野はなんでここに来た？」

「……わかんない。でも……藤澤くんに会いたいと思ったの」

触れている場所から生まれた熱が、全身を巡る。

藤澤くんは軽く苦笑いを浮かべると、私を強く引き寄せた。ぐらっ、と上半身が倒れ、座っている彼にもたれかかる。

触れ合う面積が大きくなり、それだけで胸の奥が痛んだ。

「俺も甘いな。会いたいって言われただけでこんなに嬉しいなんて」

「……会って……藤澤くんに名前、呼ばれたかった」

「名前？」

「……あのときだけ私のこと、〝芽衣〟って……」

真っ直ぐに目を合わせて、熱の籠《こも》った声で呼ばれたい。

呼ばれればきっとカチ、とスイッチが入って、そして、とろとろに溶けて満たされる気持ちになれるから。

そっとうかがうように顔を見ると、私の望みが通じたのか、藤澤くんは両手で私の頬を挟んで言った。

「芽衣」

頬の輪郭が藤澤くんの親指に撫でられる。

幸福感にも似た感情がとくとくとお腹の底に溜まっていく。

声がうまく出せなくて、私は返事をする代わりに藤澤くんの目をじっと見つめた。

「芽衣を、俺の恋人にしたい」

「……うん」

告白の言葉は、驚くほどするりと心の中に染みこんでいった。

隠せないほどに心臓は高鳴り、自分でも呆れるほどに頬が熱くなる。

「……でもごめんな。俺はこんなだから、恋人っていうだけじゃ全然足りない。芽衣を俺の……奴隷にしたい」

その言葉に、ぞくんと体が反応した。

「俺だけに反応するように……。俺だけの芽衣にしたいんだよ」

藤澤くんが、嘘も誇張もなく、心の底から私を求めてくれていることが痛いほどに伝わってきた。

私は堪らなくなって、目の色さえはっきりと見えるほど至近距離にいる彼の頬に触れ、ゆっくりと頷いた。

「私……そういうことよくわかってないけど……でも少し、仲間になってる気はする」

「知ってる。スイッチ、もうできてるよね」

「え？」

「虐められて、感じるスイッチ」

消せない証拠を探そうとでもするかのように、藤澤くんが私の目の奥を見る。

その言葉を否定できずにいると、宣言をするように耳元で囁かれた。

「もう限界。芽衣……抱くよ」

決して嫌なわけではないのに鳥肌が立ち、寒くもないのに震えが走った。

返事をする前に体は強く抱き締められ、そのまますぐ後ろのベッドへと押し倒された。どさっ、と布団に身が沈み、あの夜も感じた藤澤くんの匂いに包まれる。

唇が合わせられて、息を飲もうとすると歯列を割って舌が潜り込み、口内をうごめいた。

「ふ……っ……」

ぬるりとした感触に鼓動が速まる。

自ら口を開けることを躊躇っていると、唇の端に、藤澤くんが親指を挿し入れた。

「ンッ……？　ア……っ！」

指が奥歯にまで届いて唇を閉じることを許さない。口の中がくまなく蹂躙《じゅうりん》される。

思っていたキスの定義には収まりきらない激しいくちづけに、私は藤澤くんの肩を押し、悲鳴を上げた。

「ち、っ……窒息、しちゃ……っ」

「これまでさんっざん我慢したから」

ニヤリと笑いながらそう言うと、藤澤くんの手が服の上から胸に触れた。

軽くのせられただけなのに息を飲む。

「ぁ……」

服の生地を、藤澤くんの爪が引っ掻いていく。這う指先が胸の頂点をかすめた時、私は思わず声を殺した。

「ここ?」

場所を確かめるように掻かれたと思ったら、その手は私の乳房をぎゅうっ、と摑んだ。

「ッ、あ……っ」

手で握られた柔肉が鈍い痛みを訴える。軽く顔を歪めていると、彼はそこに顔を近づけて言った。

「覚えてる? 服の上から嚙むって言ったの」

「え……、っ……」

目が合う。

次の瞬間、服に隠れた乳首を、藤澤くんの口が含んだ。

「ッ……!」

カリッ、と歯を立てられた感触に腰が跳ね、息が弾む。熱い吐息が布を通り越し、素肌に触れた。

「ン……ア……!」

絞るように乳房を摑まれ、強く、弱く、何度も嚙まれる。

藤澤くんの肩を押し退けようとしたけれど、再び乳首をカリリと嚙まれ、呆気ないほど力は弱まった。

くす、と笑い声が聞こえる。

「でもほんと、今まで俺、よく我慢できたと思うよ。優しくできたし」

「やさ……しい……っ?」

「芽衣の中に俺のスイッチを作ろうと思ってたから、ギリギリのラインまで優しく」

どう考えても藤澤くんは、私の考えるギリギリよりももっと意地悪だったように思えて、軽く首を傾げた。

胸を摑んでいる手がぐにぐにと動き、服の向こうの乳首を摘まむ。

「あっ……！」

「でも逆に、俺の中にスイッチができちゃってた」

唾液に透けた布地が卑猥さを際立たせる。指先に捏《こ》ねられる乳首から、ずくんずくんと全身に向けて、性感が脈打っていくようだった。

「それを……芽衣がしょっちゅう押すから我慢するのはひと苦労だったんだよ」

どこか愉しそうな顔がこちらを向く。

自分の中にスイッチができた自覚はあるけれど、藤澤くんも同じだったのだろうか。

そこはかとなく不安を感じていると、藤澤くんの手が突然スカートを捲り、ショーツの脇から恥丘に触れた。

「芽衣のさ、そういうちょっと怯えた顔見るたびにスイッチが入るんだよ」

「ス、スイッチ……って？」

逃げる暇もなく、膣内に指が侵入してくる。

「えッ!?　ア、あうっ……！」

ベッドに手を突いて腰を引こうとすると、藤澤くんの腕が巻きついて邪魔をする。

「アッ……！　や、やっ……‼」

「芽衣を虐めたい。めちゃくちゃに壊したい。支配したい。犯したい。絶対に逃がしたくないって」

熱っぽいその声に、ぐらりとめまいがした。

――逃げられないくらいに求められるって……ちょっと、ドキドキしません？

それはバーで出会ったあの女性の言葉だった。私は心の中で何度も頷く。

ドキドキする。けれどそれは「ちょっと」どころではない。スイッチが入って倒錯し始めた思考回路が、その声に勝手に答える。

藤澤くんにならば虐められたっていい。壊されるくらいに、逃げられないほどに、求められたい。

「もう濡れてる。服脱がされる前に濡れちゃったって、その男に言ってみたら？」

「い、わな……っ！　絶対、誰にも……ッ」

ぐぢゅっ、と耳を疑いたくなる音が聞こえて、私は必死に首を振った。

「だね。他の奴らに色っぽいとか思われるの、俺、もう許せそうにないし」

指が一度完全に抜かれ、あっという間にショーツをずり下げられたかと思うと、再び膣口に指が添えられた。

くっ、と押し込まれた感触が前よりも太い気がして、私は思わず抵抗する。

「アッ……！　ちょ、っと、待って……！　ふ、増やさない、で……っ！」

「だから、そういう顔だって」

「ヤッ……ア……!!」

ぐずっ、と湿った音が体の内側から聞こえた。動かすこともなくただ中にあるだけなのに、息は切れ、涙が出そうだった。

「誰にも教えない。芽衣のスイッチの場所は俺だけが知ってる。俺だけがスイッチを入れることができる。そう思うとぞくぞくする」

「ンッ……!!」

「ああ、芽衣もぞくぞくするんだ。ナカが締まった」

もう片方の手の指が、ブラウスのボタンを器用に外す。

全てを外しきらないうちに露出したブラジャーのカップをずらすと、藤澤くんの顔が胸に近づいた。

その光景を見て、私の体は再び彼の指を締めつける。

「あうっ！」

「直接は痛いかもね」

「い、……っ」

かぷ、と歯の当たった個所がじんじんと疼く。犬歯の先端が皮膚に食い込み、ちりっとした痛みが走った。

「これは？」

「……っふ」

「芽衣」

「そ、れは……っ、きもち、いい」

硬くなった先端に柔らかい舌がのる。唾液を塗る刷毛のような優しい感触。

歯を立てられればぴりぴりとした痛痒さに身が捩れるような思いになり、そっと舐められると快感が生まれる。

正反対の刺激が交互に与えられると、そのどちらが大きいのかさえわからなくなり、私は無意識に声を上げていた。

「ナカが、誘ってる」

「んッ……あ、あ……！」

「こっちも弄れって」

膣壁を捏ねる指の動きに声が漏れ、胸を苛む甘美な熱と混じって腰が浮く。

底のない快楽の沼に沈みこんでしまいそうで怖くなり、私は目を開けると藤澤くんの頭に手をのせた。

そんな私をよそに、藤澤くんはにこりと笑う。ちゅう、と音を立てて乳房の白い丘に赤い痕《あと》をつけると、そのまま下へ下へと頭を下ろしていった。

「あっ……、ま、待って」

「何を？」

嫌な予感に襲われ、慌ててベッドから体を起こす。スカートを捲り秘部を露わにさせようとしている手を両手で握りしめて、私はなんとかそれを押しとどめようとした。

「ずっとできなかったことをしようと思ってるんだけど。あのバーでも言ってたよね」

「ンッ……！」

ぐりっ、と入れられたままの指が膣内を掻き、逃げようとした腿は腕に捕まる。

できなかったことをしようとしているのには気がついていた。だから逃げたのだ。

「舌で舐めるって、言ったよな」

「だ、だから……っ、逃げて、る」

背中にヘッドボードの冷たさがぴたりと触れて、両手で力いっぱい藤澤くんの肩を押した。

「いいの？　そんなに抵抗して」

「っ……だ、だっ……て！」

脚を精一杯に閉じ首を振ると、彼は体を離した。

「縛るか」

「え」

ボソリと耳を掠めた声に思考が固まる。

「実はあるんだよ、縄。あのバーってそういうのも売ってる。いつか芽衣を縛れたらなーと思って買ってたんだけど……正解だったね」

「え……？」

ベッドから降りると、藤澤くんは本棚の脇にある棚をあさった。最初の夜、ビニールテープを持ち出した場所だ。

捲り上がったスカートの裾を直し、乱れた胸元をかき合せる。

身の危険を感じてベッドの端へと身を寄せると、縄の束を手にした藤澤くんが再びベッドに上がってきた。

「忘れた？　手は後ろだろ」

バーで縛られた記憶が鮮明に甦る。

忘れるわけがない。けれどだからと言って、自分から動くのには抵抗があった。

言葉を詰まらせながら目を上げると、彼は私の両手を背中に回して押さえた。

「しょうがないな。優しくしようか」

「っ……！　ぁ」

「覚えてるだろ？　そのままにしてて」

バラッ、と束が解かれる音がしてすぐに、手首にぐるりと麻縄の固い感触が絡みついてきた。

指先に、服を着たままの肘が触れる。

これのどこが優しいの？　と疑問に思いながら、私はうなだれ、暴挙に耐えるそぶりをする。

「こうやって力ずくだと、無理矢理されたって言い訳を芽衣に与えることになるから」

隠しきれない耳朶に藤澤くんが囁きかけてくる。その表情は見えないけれど、きっと笑っているに違いない。

「嫌がってないことくらいわかってるけど、まだ始まったばっかりだしね」

「う……」

これ以上見透かされたくなくて、声を殺し、吐息を抑える。

ぐるりと胸の下を縄が通ると、わずかな息苦しさに鼓動が激しさを増した。

「……いつか芽衣は俺に、縛ってくださいって、自分から言うようになるんだよ」

そう宣言されて、被虐感がじわりじわりとせり上がってくる。

きつく閉じた真っ暗な瞼の裏に、その光景が浮かぶようだった。

きっと私は言ってしまう。泣きそうな気持ちになりながら、それでも懇願してしまう気がした。

「俺が躾けて、何が普通かわからなくしてあげるよ」

顔を上げることもできず、私はただその言葉を聞いていた。

催眠術にかかったように、脳の中身が徐々に書き換えられていく。

上半身の自由を失った体がごろりと返されると、赤く染まった顔が彼の前に露わになった。こちらを見た藤澤くんが、ふっ、と苦笑する。

「……だから、そういう顔するなって」

プチプチとブラウスのボタンが全て外される。さらにスカートまでも下ろされ、私は下半身は裸に、上半身は着衣が乱れ切ったあられもない姿にさせられた。

再び聞こえた縄の音に顔を上げると、今度は左足が折り畳まれ、足首と腿とにまとめて縄が巻かれた。

「えっ、え……っ？」

「優しくしようとしてるのに、そういう反応されると堪らなくなる」

ぐるり、ぐるりと何度か巻かれ、縄同士がきちっ、と音を立てて結ばれる。抵抗する間もなく右足も束ねられて、仰向けの私は膝を立てたまま下ろすことさえできなくなってしまった。

脚の間に藤澤くんの体が割り込む。脚を閉じようと力を入れれば、筋肉が勝手に縄の締め付けを強くする。全て無駄なあがきでしかなかった。

「あ……」

腿に藤澤くんの指が食い込む。露わになった秘所に彼の頭が潜るのを、なすすべもなく私はただ見ていた。

指先が、くい、と腫れぼったくなっている秘唇を割り開く。次の瞬間、剝き出しにされた花芯をぴちゃりと舐められた。

「ん……！」

ざらつく味蕾《みらい》が、突起をゆっくりゆっくりと苛んでいく。下半身からはぴちゃぴちゃと水の音が漏れ聞こえ、私は拘束された手を握りしめた。

疼きを増したしこりが唇に挟まれ、かりっと歯が当てられると、不自由な私の腰が跳ね上がった。逃げようとした腰に藤澤くんの腕が巻きつく。そして突然、膣口にずぶりと指が入れられた。

「あ、ゥ……ッ！」

鋭角な責めに理性が翻弄され、仰いだ天井が揺れて見える。

指を突き入れられるたびに喘ぎ声が上がり、花芽を舐められると、ばちばちと目の前が弾け飛んでしまいそうだった。

「は、激しい……よぉ……ッ」

「悦んでるくせに」

「……ッ！　ア、ァ！」

「クリトリスは勃《た》ってるし、ナカはぐちゃぐちゃ」

激しく動かされた指が卑猥な音を奏で、それを証明する。

「拘束されてるのに悦んでる。芽衣の中に、俺のスイッチがある証拠」

嬉しそうなその言葉が、快楽に霞んだ頭の中で何度もこだまする。

腕も、脚も動かせない。ぢゅくぢゅくと吸われる音と同時に与えられる快感にただ、流されるしかない。

喘ぎ声を出しながら大きく首を振ると、その指はより強く膣壁を抉った。

「嫌？」

私が彼を喜ばせていることに、小さな自尊心が満たされる。けれどまだ、少なからず羞恥心が残っていた。

「よ……ッ、喜んで、もらえるのは、……っぁ、……嬉しい、けど……っ」

「けど？」

「アッ……！　ぅあ……っ、は……恥ずか、しい……ッ」

まるで体の中心を雷が走っていくようだ。内壁はどんどんヒクつきを増し、粘着質な音が神経を侵していく。

「でも、気持ちいいんだろ」

「っ……」

「悦ばれて嬉しくて、恥ずかしくても気持ちいいなんて、どっかでも聞いたな」

あのバーで会った女性の言葉。ご主人様に悦んでもらえるのが嬉しい、そして恥ずかしいけれど気持ちが良いと告げられた声が耳に甦る。

「気持ちいいんだよな？」

「ぁっ、……き……きもち、い……！」

急にご主人様然となった口調が、一瞬で私のスイッチをより深くまで押し込んだ。

消え入るほど小さな声で答えると、彼の手は私の顎を持ち上げる。

「です、が抜けてる」

充血した靡肉がじくんじくんと、かすかに痛みを伴って疼く。

愛液が、まるで指に掻き出されるように溢れている。

つつっ、と秘部の谷間を液体が零れていく感触に身を縮めると、絞られるようにしてまたトロリと粘液が漏れ出した。

嬌声が止まらない。

返事を催促するように最奥を突かれ、私は一度腰を浮かせ喘いでから、荒い息まじりに言った。

「き……っ、きも、ち……っあ、あ、ぅ……きもちい、……い、です……っ……ご、ごしゅじ、さま……っ！」

入れられたスイッチは私を従順にし、命じられるままに彼の言葉に従わせた。

「……いい子だな、芽衣は」

彼は褒めるように私の頭を撫でた。頭に触れる温かい掌の感触が胸に染み、どくんと心臓が跳ねる。

もし私が犬なら、ぶんぶんと振りきれるほどに尾を振っているだろう。

涙の浮いた眼で藤澤くんを見ると、彼は今度は私の頬を撫でて呟いた。

「俺さ……本当に芽衣に溺れてる。可愛くて……虐めたくてしょうがない」

その一言が、私には何故か求愛の言葉のように聞こえた。じんわりと、間違えようもない喜びが湧いてくる。

「……悦んでもらえる、なら……っ」

「……そういうこと言うと後悔するよ」

「えっ……？　ん、あ……っ!!」

ぐっ、とより強く腿が押し開かれたかと思うと、指がもう一本、窮屈そうに膣に入れられた。性感が強制的に一段上の高みに押し上げられ、私は喉を反らして鳴いた。

「アッ……！　っ、ま、待って……ッ！　いま、は……ッッ！」

思わず上げた制止を願う悲鳴は、最後まで聞き届けてはもらえなかった。

笑みを浮かべた唇が、ずずずっ、と莢に吸いつく。舌先でしこりを転がされ、一気に絶頂に向けて昇りつめていきそうになる。

「アァッ！　や、ァ！　あっ!!」

止めようともがく手は虚しく背中に押し潰され、腿ははしたなく広げられる。

涙を零しながら下半身を見ると、視線だけを上げた藤澤くんと目が合った。ただ責められ続け、喘ぎ声を抑えることも出来ない自分を、彼の目がじっと見つめる。

燃えるような羞恥に追い詰められて、私の理性はぱちりと弾け飛んだ。

「ツッツ!!　や、だ……!!　いっちゃ……ッ!!」

腿を摑んでいた手が胸に伸びる。

すぐ目の前で荒く乳房が揉まれ、乳首が親指に嬲《なぶ》られる。

上からも下からも襲い来る絶頂感に、私は音を上げた。

「藤澤、く……！　わた、し……も、イッちゃ……ッ！」

「藤澤くん？」

「っ……！　ご、ご主人、さま……！」

「もう忘れた？　この間は自分から言えたのに」

藤澤くんは体を起こし、私の愛液に濡れた唇で静かに囁いた。

「イかせて下さいお願いします、だろ」

乳房が握られ、先端が唇に隠れる。ぢゅう、ときつく吸われるたびに膣肉は彼の指を美味しそうに締め付け、腫れた花芯は親指に潰された。

「いっ……！　か、せっ、……！」

「聞こえない」

止まらない責めに言葉にならない嬌声が漏れる。

理不尽な声に、私は何故か反抗心も抱かず、再び口を開いた。

「イ、かせッ……て、下さ、い……っ！　お願いします……ッ」

一言紡ぐごとに、ざぶんざぶんと強烈な感覚に襲われる。快楽の合間に、藤澤くんの満足そうな顔が目に入った。

「よく言えたね。でも……まだ駄目」

「なっ、んで……っ？」

与えられると思い込んでいた絶頂が目前で取り上げられる。待て、と言われた犬のように、私は荒い息を吐きながら切なさに体を捩った。

「自覚がないところ、ほんとそそられるよ。気づいてる？　自分の体が虐められて悦んでるって」

「アッ……！　ぁ、ンっ……！　だ、駄目……！　いっちゃ……っ！　あ、あぅ……っ」

「駄目だって言ってるだろ」

限界を告げる悲鳴を上げると、私を追い詰めていた指が体からふっと離れた。すぐに、カチャカチャという金属質な音と、ぺりっとビニールを破くような音がかすかに耳に届く。

脈を打ち続ける体を持て余し、うっすら瞼を開けると、藤澤くんはぎしっとベッドを軋ませて私の体の上に圧し掛かってきた。

「え……？　ッ!!」

咄嗟に逃げようと試みる。けれど腿はすでに腕に捕まり、脚の間には、熱い塊がぬるりと頭を埋めようとしていた。

「動けなくて、逃げられなくて、どうやって拒む？」

くぷっ、と藤澤くんの先端が秘唇を割り開く。太く熱すぎるその感触に、私は救いを求めるように彼を見た。

「ヤッ……！　あっ！　だめ、だめ……ッ」

「なんで？」

「だっ、て……ッ！　イッちゃいそう、なのに……！」

「イクなよ」

残酷な命令を残して腰を進めると、彼はその根元までを一気に膣内へと突き入れた。

パチチッ、と頭の回路がショートする。さんざん焦らされた体に与えられた強すぎる快感に、私は一瞬呼吸を忘れ、すぐに長く吐き出すような喘ぎ声を上げた。

服をほとんど脱いでいない藤澤くんが、着衣をはだけさせた私を抱いている。もしはたから見れば、まるで犯されているように見えるかもしれない。

「や、あぁぁ……！　むり……ッ！　がまん、無理……ッッ!!」

「奴隷が勝手にイクなよ。お仕置きするよ」

「あっ、あっ！　だ、って！　こん、なの……ッ!!」

迫りくる濁流を押し留めたくて脚を閉じようとしたけれど、頑丈な縄に折り畳まれているせいで力を込めることもままならない。そうこうしているうちに彼の手はたやすく、私の脚をより大きく開いた。

「主の命令は……絶対。芽衣は、自分で選んで俺の奴隷になったんだろっ……？」

「ンンンンッ!!」

膣の奥底を、藤澤くんの硬い先端がぐりっ、と捏ねる。そのまま絶頂に押し流されてしまいそうだ。

ふいに伸びて来た手がぎゅっ、と乳首を摘まむ。挿入を繰り返されるたびに、ぞくんっぞくんっと臨界へと追い詰められる。

「返事は」

「……ッあぁ！　う、……ッ、う、ン……っ！」

「はい、だろ」

腰が掴まれる。ずるるっ、と抜かれたかと思ったら、再び子宮口を押し上げるほどに押し込まれ、我慢する間もなく一気に絶頂にさらわれた。

「ああああっっっ!!　イっ、……ッッ!!」

「ッ……」

ぎゅううと体が収縮し、視界が白く飛ぶ。

絶頂に襲われた体を、ひくっ、ひくっ、と跳ねさせながら、大波が去るのを待とうとする。けれど私に、穏やかな余韻が訪れることはなかった。

「……イクなんて、誰が許した？」

まだ痙攣《けいれん》を続けている膣が、ごぢゅ！　とひどく淫らな音を立てて突かれる。

達した後の収縮さえこじ開けるような腰の勢いに、私は懇願した。

「あぁっ！　ごめッ、なさ……ッ！　おねが……！　止めて……ッ」

しかし彼は、宣言通り私の陰核に指をのせた。

「お仕置き、するって言ったよな」

「いあぁっ！　だッ、だめ！　んッ……!!」

「イクなよ」

鋭すぎる刺激に、ビクンッと体が跳ねた。

腕と脚を縛る縄が、快楽から逃げることを許さない。

限界まで腫れた花芯はすぐに捕まり、コリッ、と指先に摘ままれた。

喘ぎ続ける口に指が入れられ、舌をくすぐる感覚に目を開けると、藤澤くんが意味ありげな視線でまた一度、腰を打ちつけた。

全身を揺さぶる快感に溺れながら、私はその指を吸った。

「正解。俺がして欲しいこと、よくわかったな。ほら……もっとしっかり舐めろ」

「ンッ！　ふ、ふぁっ……!!　ンンン！」

止めてもらえない腰の動きに負けないよう、精一杯舌をうごめかせる。

「芽衣」

「フ、ッ……あ、ン……ッ！」

「口と下、同時に犯してるみたいだ」

「ンンンンッ！」

とんでもない深みにまで追い込まれている気がするのに、自分はそれを受け入れつつある。

わずかに恐い。この快楽の底が見えない。

「……こんな男の彼女になるなんて……大変だな」

射抜くような鋭い視線の中、ほんの一瞬だけ見えた彼の不安が、私を怯えから救った。

私は体内を責めたて深く埋まる藤澤くんを、次第に愛おしく感じ始めていた。

「……ッ、うれ、しい……っ、から、いい……っ！」

自分の気持ちをわかって欲しくて、絶頂に流される間際、声を絞った。

彼の顔が柔らかく綻《ほころ》ぶ。

「ほんとに駄目だな……堪らない」

次の瞬間、腰が摑まれ、激しく揺さぶられた。

果てるためのその動きと、時折聞こえる藤澤くんの喘ぎ声が、私の性感を容赦なく煽る。

「……芽衣、イケ……っ」

「ふあっ、あッ……!!　い、アッッッ!!」

優しく頬を撫でる手に導かれるまま、待ち望んだ許しが与えられ、私はイッた。

顔が寄せられ、喘ぐ唇がキスに塞がれる。

繰り返し打ち寄せる甘美な波に精神的な愉悦が混じり合い、大きなうねりとなって私を包み込む。藤澤くんのたわんだ眉根、顔をくすぐる荒い吐息、頭を抱く手、果てる瞬間に漏れ聞こえた切なげな声、すべてに胸を締め付けられながら、私は達した。


ほんのりと酔っているようなふわついた感覚の中、私を抱きとめる腕にゆっくりと頬を寄せる。縄に囚われたままの手足は徐々に痺れを増していたけれど、行為の証《あかし》をしばらくそのままにしていたくて、私は何も言わず息を整えた。

そっと瞼を開ける。

すると、別人のように穏やかな表情をした藤澤くんの顔がそこにあった。

「気持ちよかった……です」

あえて語尾を敬語にして思ったことを告げると、藤澤くんは面白そうに目を細めた。

「もう終わってるから敬語じゃなくてもいいのに」

「……そう……なの？」

「どぎまぎしてる」

「だ、だって……」

そうさせたのは、と言いそうになり押し留める。

行為の一部始終を鮮明に思い出しそうになり、取り戻した恥じらいに目を伏せた。

「……大丈夫？」

こちらを気遣う声に、彼の心配や不安が隠されているような気がして、私はゆっくり口を開いた。

「あのね……携帯で、撮って……」

「え？」

ふとした思いつきだったけれど、今日の出来ごとを形に残し、そして彼に持っていて欲しいと私は思った。

彼に流されただけじゃない。私も望んだことだと伝えたい。

「今までみたいに、撮って欲しい」

「何を？」

「今から、言うこと」

藤澤くんがテーブルに置いていた携帯に手を伸ばす。

小さなカメラがこちらを向くと、不格好に転がされたまま、私は一つ息をついて、言った。

「…………私は……、ふじ……ご主人様、の……奴隷、です……」

言えと言われたわけでもない台詞。今までとは違う世界に私は自ら足を踏み入れる。

これはきっと証になる。

そして、藤澤くんに今のこの気持ちが伝わって欲しい。

あなただから、こんな関係さえ受け入れられるということ。あなたには、それを知っていて欲しいということを。

私の言葉を聞いて、携帯をかざす彼が驚いた表情をした。

「あと……」

「……なに？」

頭の中で言葉を探す。

一番大切なことを、彼に知っていて欲しい。

「私は、あなたが好きです……」

漂う沈黙にこの一幕の終わりを察した藤澤くんが、携帯の録画を止める。

ピピッ、という電子音を聞いて藤澤くんの顔を見ると、彼は少し複雑そうな顔をして、「俺もだよ」と言った。

「普通の……好きって感情なのか、よくわからないけど……でも」

「全然構わない。芽衣が俺の特別になるなら」

「重たいかな……こんなの」

「いや、俺はすごく嬉しい」

「消さずに、持ってて欲しい」

いつかの彼の台詞を真似てそう言うと、藤澤くんは微笑んで私の頭を撫でた。

「これからが楽しみだなー」

「……うん」

「あれ？　はい、じゃなかった？」

「えっ……！　さっ、さっきと言ってることが違う……！」

藤澤くんの腕がぎゅうと私の体を抱き締めた。彼の笑い声に合わせて体が揺れる。

私も藤澤くんに抱きつき返そうとして、腕が動かないことを思い出し、唇を尖らせて不満を漏らした。

「抱きつけない……」

「いいんだよ。俺が抱くんだから」

そう言って降ってきた唇に、私は微笑んで瞼を閉じた。

結んで、つないで

1

古ぼけた蛍光灯に照らされた駐輪場に原付を停め、アパートの外階段へと足を向けると、集合ポストの前にぼんやりとした人影を見つけた。

シルエットになってもなお柔らかそうな、くせ毛まじりのショートボブの髪。パーカーとジーンズというラフな格好。実年齢よりも少しだけ幼く見られてしまうのは、細身な体つきのせいもあるかもしれない。

遠目にでもすぐにそれが綾木《あやき》さんだとわかる。近づくと彼女も俺に気づき、先に声を掛けてくれた。

「あれ、清見《きよみ》くん」

「綾木さん。……何してるの、こんな時間に」

すでに夜の八時を過ぎ、草陰からは初秋の虫の音が聞こえている。

裏道に面しているせいで、アパートの周りは自動販売機もなければ街灯も少ない。コンビニへ行くにしても暗すぎて、一人で歩くには少々心許《こころもと》ない時間だ。

暗くてよく見えていなかったが、きぃっ、と錆《さ》びついた音を立ててポストを閉めた彼女の手には白い封筒が握られていた。

「えーっと、郵便なにか届いてるかと思って。清見くんこそ、いま学校から帰ったの？」

「うん」

「そっか、おかえりなさい」

「……ただいま」

こんな時間に？　と浮かんだ些細な疑問は、こちらを見上げた明るい笑みにかき消された。頰に小さなえくぼが出来る彼女の笑顔。それを見るたび、俺の気持ちは密かに華やぐ。

彼女——綾木湊《みなと》はアパートの隣人であり、同じ教育学部に通う同級生でもある。顔を見ればこうして会話を交わす、それなりに仲のよい友人。だが、ただそれだけの関係だ。

話をするようになったきっかけさえ、一週間だけ先に隣室へ入居していた俺へ、彼女が引越しの挨拶《あいさつ》をしてくれたという他愛もないものだった。

その数日後にあった新入生向けのオリエンテーション会場で再び会い、同級生だったことを知った。


「お隣さんってだけじゃなかったんだね。えっと……これからよろしく」

微かに緊張した様子で話し掛けられ、俺は内心、困惑していた。

中学、高校と学年が上がり、クラス替えがあるたびに起きた出来ごとがまた大学でも繰り返されるのかと、少し憂鬱《ゆううつ》な気持ちになったからだ。

こうして親しげに話しかけられるのも始めの数週間だけ。自分としてはありのままに接しているつもりなのに、相手は何も言わず、次第に離れて行く。

「付き合って欲しい」と言われて何度か〝彼女〟というものが出来たこともある。けれどそれさえもだいたい三ヵ月も経たないうちに、まるで試食してみただけであるかのように、「やっぱり無理かも」「何考えてるか分かんない」と言って別れを切り出される。

決して社交的ではなく、受け身過ぎる自分も悪いという自覚はある。

数少ない友人は「柊一《しゅういち》は、イイ奴だって分かるのに時間がかかるから」と慰《なぐさ》めてくれたが、それでもそれなりに傷ついた。

だからこそ余計に俺は、綾木さんを特別だと思うのかもしれない。

出会ってから三週間経っても、三ヵ月過ぎても、一学年が終わった今でも、彼女はこうして変わらない様子で話し掛けてくれた。

そんなつもりはなくともきっと無愛想に見える俺に、綾木さんはいつでも笑顔を向けてくる。

彼女にとって見ればごく自然の行動なのだろうが、俺はそれを素直に嬉しいと思った。

これと言ったきっかけも明確な理由もない。

だが会話を交わすたびに、自分と対比させるごとに、彼女は俺にとって特別な存在になっていった。


階段へと向かう小さな背中をぼんやり眺める。

夜風に混じって、綾木さんからほのかに甘い匂いが漂ってきた。鼻腔《びこう》をくすぐる誘惑めいた香りに軽く胸を締め付けられ、俺は人知れず静かに溜息を吐《つ》いた。

「また秋津《あきつ》先生のお手伝い?」

「うん。……思ったより時間かかって、遅くなった」

「頼りにされてるもんね」

大学二年になり出入りするようになった数学研究室で、俺はよく教授の手伝いをしている。教育学部ということもあり、附属学校で使う教材作りを手伝ったのがそもそものきっかけだ。テストの問題作成や説明用のパネル製作に始まり、気がつけば学会の資料作りまで、何を気に入られたのか、ことあるごとに「手伝ってくれ」と声が掛かる。

「ありがたいけど、こうも頻繁《ひんぱん》だと……ちょっと」

「自分の時間がなくなる？」

「家にいても、結局同じようなことしてるからいいんだけどね」

「そっか。でも、数学できるってすごいよ」

「そうかな」

「うん。私は苦手だから余計にそう思う。高校の時のテストでもいっつも間抜けな間違いしてたし……」

階段を上っていた彼女が足を止め、その間違いを思い出したのか苦笑いを浮かべた。

趣味らしい趣味も持たない自分が楽しいと思える、数少ないものの一つが数学だった。教授に手伝わされているとは言え、問題を作るのも解くのも、どちらも好きでやっている。

数や記号が複雑に絡みあった数式が、するりと解け始め、答えが出る瞬間が好きなのだ。公式を使う、発想を変える、式を分解する。パズルを解くようにして、唯一の正解が導き出される。その答えには曖昧さや矛盾は存在せず、シンプルで潔《いさぎよ》く、美しささえ感じた。たとえ永遠に割り切れない数に出くわしたとしても、数学という世界の中でなら、記号に置き換えることで綺麗にまとめることができる。

「間違いって、たとえば？」

「んー、繰り上がりの計算間違えちゃうとか……。あぁ、あと、テスト用紙の裏に計算して満足して、答え書き忘れたり。xとyだけならまだしも、zまで出てくるともう、ストップ！　って言いたくなる。そもそもアルファベットにも弱いしね……」

俺と出会う以前の彼女の姿を、思わず想像する。

綾木さんは時折振り返りながら、「間違えちゃう」と言ったときは渋い顔をし、「書き忘れたり」と言ったときは自分の失敗にほとほと呆れ果てているようだった。

表情が豊かなところはきっと、彼女の魅力の一つだろう。

身ぶり手ぶりを交えて話すその様子に、自分にはないものへの羨望と憧憬を抱く。

「数式がちょっと複雑になったらもう、頭がフリーズする。だからなんか、数学が出来る人って憧《あこが》れちゃうんだよ」

突然飛び出した「憧れ」という単語に、気持ちが浮つく。

彼女には少しの他意もないのだと、そんなことはわかり切っている。それなのに、心の芯がさわさわとくすぐられた。

「それに数学が出来る人……というか……清見くんを見てて思うけど、論理的って言うのかな。頭の中でいろんなこと、上手に整理できるんだろうなぁ、いいなぁって思う」

「それは……買いかぶりすぎ」

「そうかな。冷静沈着というか、ちょっとのことじゃ動じない感じがするんだけど」

「そんなことないよ」

綾木さんはいつだって屈託なく笑い、違和感なく俺の中に入り込んでくる。

いつだったか、自分を無口で無愛想だと自嘲した俺に、彼女は少し考えて、

「慎重で自制心があるってことだよ」

と言った。そしてさらに、

「正直最初は、清見くんは人間嫌いなのかなって思ってたけど、違うってもう分かったから……私はそんな風には思わない」

と、笑顔で付け足した。

その言葉に俺は救われたような気持ちになり、思わず胸を熱くしたほどだった。

その時はまだ、綾木さんはなんて優しいのだろうと、ただ単純に彼女を眩しく思っていた。

けれど去年の冬、俺は、自分が単なる友情以上の好意を彼女に持っていることを、突然知ることになった。

休憩時間の大教室で耳に入ってきた男子生徒の会話。誰かが、「綾木が可愛い」と軽い口調で言っていたのを聞いたのがきっかけだった。

俺はそれを、自分でも不思議に思うほどの苛立ちを抱きながら聞いた。

他の男の目に彼女の姿が映ることが気に入らない。綾木さんに会えればほくほくと胸が温まり、会えずじまいの日は心が冷たく沈む。そして万が一彼女が、自分ではない誰かと特別な関係になったとしたら、などと考えたとき、俺は堪らない嫉妬に身を焼かれた。

——俺は……綾木さんが好きだ。


彼女が言ったように、自分は論理的で感情に揺さぶられることなどない、無欲な人間だった。少なくとも、あの時までは。

今では、それはただ欲しいものがなかっただけのことなのだとわかっている。

そんな俺の気持ちの変わりようも、募っていくばかりの想いも、彼女は知らない。

「……でも綾木さん。それ、数学だけの話じゃないんじゃない？」

「ん？」

「数学以外だと、間抜けな間違いはしない？」

胸の内に燻《くすぶ》る感情に無理矢理蓋をして、俺は彼女に問いかける。少しからかってみたらどんな顔をするのかを知りたくなったからだ。

綾木さんのことだから、怒ってしまうようなことはないだろう。拗ねてしまうのか、それとも笑うのか。

首を傾げて意味を探っていた彼女がはっとして、わずかに唇を尖らせた。

「それ、もしかしてちょっと馬鹿にされた？」

「まさか。からかっただけだよ」

「どーせ単純ですよ。ドンくさいし」

不貞腐《ふてくさ》れた風を装って、彼女は笑いをかみ殺した。

「よく体ぶつけたり、忘れ物したりしてるよね」

「考え事とかしてる時だけだよ、そういうドジするのも」

そんなことを口にしながら、彼女は二階の廊下へと足を向ける。「まだあと一階あるよ」と告げると、綾木さんは自分の間違いを誤魔化《ごまか》すように、そそくさとまた階段を上り始めた。

「そんな意地悪なこと言うと、もうおかずのお裾《すそ》分《わ》けしないよ」

ミスの照れ隠しだろうか、彼女が尖らせたままの唇でそんなことを言う。

母子家庭で、幼いころから家事をこなしていたというだけあって、彼女の料理の腕はたいしたものだった。

特別凝ってはいないものの、彼女の真面目さが表れているような、間違いのない美味しさ。

その代わり、いまだに二人分の量を作ってしまうらしく、作りすぎたと言っては時折分けてくれるのだ。

「それは困る。……あんなに美味しいもの、自分じゃ作れないから」

「……そ、そっか」

お世辞を言えるほど口は上手くない。けれどそれも本音なら気負わずに口に出せた。

褒《ほ》められて、見る間に顔を赤く染める彼女を見て、俺は複雑な気持ちを味わう。

決して困らせたいわけではないのに、困った顔を見たくなるのはどうしてだろう。照れさせたいわけではなかったのに、恥じらうようなこの顔を見られたことを嬉しく思う。

互いの部屋の前に着くと彼女は気を取り直すように、ポケットから、じゃらっ、と可愛らしい猫のぬいぐるみのついたキーホルダーを取り出した。

「だったらまた……作り過ぎたとき、お裾分けするね」

「うん。ありがとう」

「……じゃあ、おやすみなさい」

「……おやすみ」

ばいばい、と手を振る彼女に背を向け部屋に入ると、後に続くようにして隣室のドアが開閉され、ガチャリ、と鍵のかかる音がした。

手探りでスイッチを探し、玄関の電気を灯す。どさっ、とベッドに腰を下ろすと、深い溜息が勝手に漏れた。

つい数秒前まで見ていた顔を、俺はすでに、また見たいと思っている。

日常の会話ができる。冗談だって言い合える。おはよう、おかえり、おやすみ、そんなやり取りが自然と出来る今の二人の関係。

それを、このままでも満足だと思う一方で、これでは少しも満たされないと思う強欲な自分がいる。

彼女をもっと見ていたい。もっと知りたい。そしていっそ、独占してしまいたい。

自分がこんな風に人を好きになるときが来るとは思ってもいなかった。


——綾木さんが欲しい。


心の内にぽつんとできた染みがじわじわと広がり、〝もしも……〟と、邪《よこしま》な仮想が走り出す。

もしも突然抱き寄せたら、彼女はどんな顔をするのだろうか。いつもほのかに香るあの甘い匂いは強くなるのか。頬の温もりは。唇の柔らかさは。強烈な罪悪感と自己嫌悪を伴いながら、俺は彼女を抱く妄想をする。

胸を掻きむしりたくなるほど劣情を煽《あお》られるのに、もしも好きだと告白したら、と想像すると、情けないほどに心は萎縮した。

万が一拒絶されたら、あの笑顔さえ見られなくなる。そのリスクを考えると、ただひたすらに怖かった。

綾木さんのような明るさも、同級生たちの持つような社交性もない、これと言った魅力に欠ける自分。アパートの隣人で、同じ学部に通う級友ということ以外さしたる共通項もない俺を、彼女が好きになる確率は限りなく低い。

唯一得意な数学を解くように考えてみれば、彼女の〝特別〟になりたいのならわずかな可能性に賭け、告白をするしかないことは明らかだ。

けれど、理屈では簡単に出てくる答えを行動に移すことが、こんなにも難しい。受け入れてもらえることは絶対にない。無理だ。今のままでいいじゃないか、と、胸の内で不安な自分が囁きかける。

そうやって自らの感情にがんじがらめに縛られながら、俺は結局、一歩も動けずにいた。

暗く沈んだ気持ちを切り離すように、蛍光灯からぶら下がる紐を引いて、ようやく明かりを点けた。

締め切りが迫っている課題を済ませるためにパソコンの電源を入れようとした時、さして防音性もない壁の向こう側から、ガタン！　と大きな音がし、同時に、痛みを訴える綾木さんの悲鳴まで漏れ聞こえてきた。

「ドンくさい」と本人が言う通り、こんなことは日常茶飯事だ。きっとまた、テーブルに足でもぶつけてしまったのだろう。

ふっ、と思わず笑いが零《こぼ》れて、すぐに、掌をきつく握った。

壁越しに彼女を想うだけの、弱気な自分にはもううんざりだ。あの笑顔を、自分だけのものにしたい。あの目に、俺だけが映るようにしたい。わずかでもいい、その可能性に賭けたい。

そして俺は心を決めた。

駄目でも構わない。想いを伝えよう。

けれどそんな決心を挫《くじ》くように、翌日彼女は珍しく学校を休んだ。

2

一限目の必須科目の席に綾木さんの姿が見えなかったときはただ、寝坊でもしたのだと思っていた。

しかしその日最後の四限目にも彼女は現れず、授業が終わったころ、近くに座っていた彼女の友人たちの話し声が聞こえてきた。

「やっぱ湊、風邪引いたらしいよ」

「あ、メールの返事きたの？　遅かったね」

「うん、いま来た。寝てたって。明日は来れるってあったからもう大丈夫なんじゃない？」

昨夜会ったときは元気そうだったのにと思いながら、そんな会話を聞いてしまっては心配になる。いくら彼女がしっかりしているとはいえ一人暮らしの身だ。風邪ならなおのこと、自分に何かできることはないだろうかと考える。

結局俺は軽く悩んだ末、夕暮れの迫った帰り道でコンビニへ寄り、いつだったか彼女が「好きだけどなかなか買えない」と口にしていた少し高いアイスクリームを買った。

アパートに帰り、西日の射す駐輪場に原付を停める。

そして、外階段のすぐ脇にある集合ポストに自分宛ての郵便物が来ていないか見ようとした時、すぐ横の三〇一号のポストに小さな貼り紙がしてあるのが目に入った。

『ドアポストにお願いします』

それは綾木さんの部屋のポストだった。

どこか壊れてしまったのだろうか、投入口は茶色いガムテープで閉じられ、郵便物は入れられないようになっている。

確か今朝、ここを通った時にはこんなものはなかった気がする。いつの間に？　と疑問を抱きながら、三〇二号と書かれた自分のポストを開けると、中には一通だけ、真っ白な封筒が入っていた。

『綾木　湊』

手に取った封筒には綾木さんの名前が、様も付けられずに素っ気なく書かれていた。

住所の末尾は、『三〇一号室』とある。

差出人を確認しようと裏返したが、裏面に文字はない。

三階のドアポストまで届けて欲しいという貼り紙の効果がなかったのか、それとも配達人の怠慢《たいまん》か、隣のポストに入れられてしまったらしい。

何か、小さくて薄く、堅いものが入っている感触がある。少しゆするとそれは封筒の中で転がった。

何だろう、と思いながら、俺は再度その宛名書きを見た。

綾木さんの部屋のポストにある貼り紙の文字と、封筒の文字とがどことなく似ている気がする。

ぼんやりと不明瞭な消印は五日前の日付以外、送り主がどこで投函したのかまでは読み取れない。

まさか自分自身に郵便物を送るということはないだろうが、何か違和感を覚える。

だがいずれにせよ、これは誤配に違いない。

俺は錆の浮いているポストの扉を閉めて階段を上り、このアイスと一緒に届けようと、彼女の部屋のインターフォンを鳴らした。

「……綾木さん。清見だけど」

少し待ってみるものの返答はない。

まだ六時前だが、もしかしたらもう寝てしまったのだろうか。

隣人だからと気軽に訪ねてしまったが、風邪ならばそっとしておくほうがいいかもしれない。

さすがにアイスクリームをドアノブに掛けておくわけにもいかず、封筒だけでもドアポストに入れておこうとしたとき、扉の向こうで、ドスン！　と、まるで人が倒れたような鈍く大きな音がした。

「ん……？」

思わず耳をそばだて室内の様子をうかがうと、微かに、ずりずりと何かが動いている音が聞こえた。

それはゆっくり、こちらの方へと向かっているようだった。

「綾木さん？」

コンコン、とノックし、声を掛ける。すると今度はドアのすぐ近くで、カタッ、と物音がした。

「綾木さん、大丈夫？　なんか……すごい音したけど」

確かに人の気配はあるのに、返事がない。

長い沈黙があり、再び声を掛けようとしたとき、ドア越しに彼女の小さな声が聞こえた。

「……清見くん？」

「うん。ごめん、いきなり来て。……体調は大丈夫？」

「……………体調？」

「風邪引いたって聞いたから」

「あ……優香子《ゆかこ》たちから……？」

「小川さんたちが話してたのを聞いただけだけど……」

「そっか……」

「ほんとに大丈夫？　今もなんか、動けなくなったりしてない？」

「あ……、えっと……体調は、平気……」

いつもならすぐに開けられるドアは閉まったままで、声は弱々しく、聞こえてくる位置もどうも低い感じがする。

立っていられなくてへたり込んでいるのではと、こんな時に訪ねてしまったことを俺は申し訳なく思った。

「ごめんね、俺もう行くから、ゆっくり休んで」

そう告げて帰ろうとした途端、彼女は俺を呼び止めた。

「あっ……あの……！　清見くん」

「なに？」

「……あのね、清見くんのところに……何か……届いてない……？」

「届いて？」

「う……ううん、やっぱり、なんでもない……」

「あ、もしかしてコレかな。綾木さん宛ての白い封筒」

「う……うん、そう。それ……」

「ごめん、忘れてた。間違ってうちのポストに入ってたよ。あ、あと、お見舞いにアイス買って来たんだけど……食べる？」

「……心配、かけちゃってごめん……。えっと……アイスは……食べたい」

しかし、一向にドアが開く気配はない。何かドアを開けられない事情でもあるのだろうか。

俺は直接彼女の様子を知ることを諦めて言った。

「じゃあ……アイスはドアにかけとくから、後で、溶けないうちに取って。封筒はドアポストでいい？」

「あ……！　あのっ……待って……！」

「え？」

「わ、私……！　清見くんに、……お、お願いが……あって」

「お願い？」

「その……えっと……」

一瞬、妙に勢いづいた綾木さんの声は、すぐに、震えるほどか細いものへと戻った。

「……ほんとに大丈夫？　風邪薬とか、買って来ようか？」

「ありがとう……。でも、大丈夫。……だって、風邪じゃ……ないから」

「風邪じゃない？」

「あの……い、いま……ドア、開けるから……ちょっと待っててくれる……？」

「うん……俺は大丈夫だけど……」

「少し時間が、かかるかもだけど……」

「時間がかかる？」

立て続けに不可解なことを告げた後、しばらく彼女からの返答は途切れ、再び、ガタタッ！　と大きな音がした。

「綾木さん？」

「大丈夫……こけただけ」

「こけた？」

玄関で？　と浮かんだ疑問をさらに膨らませるように、今度はドアが、ドン、と揺れる。

そんなに難しいことでもないだろうに、鍵を開けるのに手こずっているのか、ドアノブがカチャカチャと何度も動く。

ただならぬ雰囲気に俺は微かに緊張していたが、黙って鍵が開くのを待った。

しばらくしてようやく、ガチャッ！　と解錠された音がした後、綾木さんはどこか不安げな声で呟いた。

「あ……あのね……清見くん……ごめんね。…………びっくり、させちゃうかもしれない」

「びっくり?」

「えっと……鍵……開いたから……中、入って……」

そう言われ、俺はノブを回してドアを開けた。

電気の点いていない薄暗い室内に視線を向けるが、綾木さんの姿がない。視線を彷徨《さまよ》わせていると、ふいに床の方から声がした。

「清見くん……」

「え?」

声のした方向に目線を下げる。

足元のすぐそば、玄関のふちにうずくまるようにして、彼女はいた。

「なんでそんなところに――」

そう言いかけて、俺は言葉を失った。

開け放ったドアから射し込む夕陽に、彼女の姿が映し出される。

キャミソール一枚に、ショーツだけというあられもない姿。さらに、両方の手首と足首に、黒く太い、ベルトのようなものが巻きついている。

そしてそれらから伸びた鎖が、背中側でひとつに繋がっているようだった。

「わ……私、いろいろ……我慢できなかった。……ごめんなさい……」

息を飲み、ただ呆然と見つめる俺から顔を背け、彼女はそう、泣きそうな声で言った。

3

最初に思ったのは、何か犯罪に巻き込まれたのだろうか、ということだった。

「あ、あの……清見くん。できれば、ドア……閉めてもらえる……かな。人に、見られちゃうと……ちょっと」

けれどそんな考えも、その一言であっさりと否定される。

彼女の言葉からは、犯罪が絡んでいるような切迫した雰囲気は少しも漂ってこない。

部屋に一歩足を踏み入れる。

玄関脇のシューズボックスの上には小さな鉢植えの観葉植物。その横の陶器の皿に、鍵がいくつもついたキーホルダーが置かれている。

ここまではこれまでにも何度か来たし、部屋の様子もいつも通りに見える。

けれど彼女だけは違っていた。今、どういうことが起きているのか少しも理解できない。

脳内をぎっしりと埋め尽くした疑問をどこまでぶつけていいのかも分からず、ドアを閉めようとすると、慌てたように綾木さんは口を開いた。

「あ！　ドアの鍵のとこ、……触らないで。汚したから……」

「……汚した？」

「う、うん。あの……鍵はそのままでいいよ」

膝立ちのまま彼女が部屋の中へよたよたと歩を進めると、背中側の様子がはっきりと見えた。

手足のベルトには輪になった金属の突起があり、鎖がその内側をくぐっている。そして右手、左手、左足、右足と一周した細い鎖の交点には、どこでも見かけるような真鍮の南京錠《じょう》がぶら下がっていた。

あれでは立ち上がれないどころかろくに手も使えないはずだ。そもそも錠を開けなければ、あの鎖を外すことさえ出来ないのではないか。

依然として状況は飲み込めないが、動悸《どうき》だけはやけに速くなる。

「お邪魔……します」

「……どうぞ」

シングルベッドが置かれた、フローリングの部屋に足を入れる。

俺の部屋とは対称の間取りで、クローゼットはドアのすぐ右にあり、窓も、見慣れた位置とは逆だ。

四角い木の座卓、花柄のカバーの掛けられたベッド、窓の横に置かれた本棚、テレビラックにはノートパソコンと小さなサボテンの鉢植えも置いてある。薄いレースのカーテンから漏れる夕方の陽光で、照明を点けていない室内は淡く橙色に染まっていた。

彼女らしい部屋だと今の状況にそぐわないことを思いながら、意識をその本人へと戻すと、座卓の脇にぺたんと正座する彼女の不安げな視線とぶつかった。

コンビニの袋と封筒を手にして突っ立ったまま、俺は綾木さんに尋ねた。

「綾木さん」

「……う、うん」

「……念のため、確認するけど……それは、犯罪に巻き込まれた……とかじゃないよね？」

「………うん、違う……」

危険な目に遭ったわけではなさそうだ。そうひとまず安堵したが、疑問は一つも解決されていない。

無意識のうちに目が、剝き出しの二の腕や太腿に行ってしまいそうになるのを抑えて、再び質問を口にした。

「なんか、鍵がかかってるみたいだけど……それはどうやって？」

「あ……あのね、少しだけ、鎖に余裕があって……こう、手首曲げて……、カチッ、って……した」

綾木さんはまるで、悪戯《いたずら》を白状する子供のような口調だ。それなのに流れる沈黙も漂う空気も奇妙に熱くて、俺は一度喉を鳴らす。

何をどう聞けばいいのか、そもそも何を理解すればいいのかさえ分からず、俺はもう、単刀直入に聞くことにした。

「つまり、自分でやったってこと？」

「…………う、ん」

綾木さんは躊躇《ためら》いながらも恥ずかしそうに、こくりと頷いた。

目を背け、頰は紅潮し、心なしか震えているようにさえ見える。

それは、いつもの彼女の、ただ照れた顔とは全く違うものだった。

「……自分、で……じ、自縛、したの」

そっと顔を上げた彼女のした告白は、あまりに現実離れをしていて、俺は受け止めきれないほどの衝撃を受けた。

「ジバク」という音が脳で「自縛」という漢字に変換されたが、全く理解が追いつかない。そのくせ、目の前の光景に俺は、戦慄が走るほどの卑猥さを感じていた。

薄く開かれた唇から漏れる吐息が、耳元で聞こえるような錯覚さえする。

俺はひとつひとつを整理しようと、疑問をぶつけた。

「その、手と足につけてるのは、手錠……？」

「……手錠っていうか……手枷《てかせ》と……足枷、って言ったほうが正しいかな……」

「それも自分で？」

「……うん」

「それ、自分じゃ外せないんじゃない？」

「……鍵があれば、意外と大丈夫。……けど……外せなくても、いいっていうか……あの……」

「…………むしろ、外せないほうがいいってこと？」

口の中がカラカラに渇く。だがよく見ると、それは彼女も同じようだった。

何度も喉を上下させ、言葉を詰まらせながら返事をしていたが、声はどんどん小さくなり、最後はもう頷くだけになる。

きっとこれは彼女の最深部、誰にも見せたことがない秘めた性癖なのだ。

けれど鍵があるなら、そんな秘密を晒してしまう前に解錠すればよかったのに。

「それで……その鍵は？」

「……鍵、は……」

「もしかして……この封筒に入ってる？」

「…………うん」

誤配されてきた綾木さん宛の郵便物。

彼女は自ら南京錠をかけ、自身の自由を奪った。鍵さえあれば自分でも解錠できるのに、本心では外せないことを願っている。

ようやく状況の断片が見えた気がした。

「そっか。ドアポストに届けて欲しいって……そういうことか」

深呼吸をして、脳にたっぷりと酸素を与える。

「部屋に届いた鍵で、解錠するつもりだったってこと？　……それまでは絶対、自分じゃはずせないようにするために」

綾木さんがひどく困ったような表情で、こくっ、と首を縦に振る。

「なのに誤配されて、鍵が開けられなくなった……？」

重ねた質問に、彼女は弱々しく頷いて、すっ、と視線を逸らした。

沈黙を肯定と受け取ろうとしたところでもう一度深く息を吸い込み、手元の封筒を見る。

まだ何かがひっかかっていた。

ふと、真っ白な封筒に押された消印に目が留まる。もし彼女自身が投函したのだとしたら、最寄りの郵便局から配送されるまでに五日もかかるものなのか。

そもそも、綾木さんは一体いつからこの姿なのだろう。昨夜は、いつも通りの彼女に会った。今朝から？　と思いかけて、座卓の上に置かれた携帯電話が視界に入った。

こんな状態でどうやって、友人宛てのメールを打ったのだろうか。

「もしかして——」

「え……？」

「……いや、なんでもないよ」

この封筒がアパートに届けられたのは、もしかしたら今日ではないのではないか。そんな憶測を、俺は声には出さず喉元で飲み込んだ。

朝、登校するときにはまだ、ポストにあの貼り紙はなかった。ということは、彼女が午前中の郵便配達を待っていたとは考えにくい。

そして綾木さんが友人にメールを送ったのは四限目が終わった夕方五時前。すでに午後の配達は終わっているのではないだろうか。

ドアポストに鍵が届けられるのを待ちながら自縛したというのでは、どうも時間の計算が合わない気がする。

だがそれも、今日より以前にすでに鍵は届いていて、綾木さんが嘘を吐《つ》いていると仮定すればつじつまが合う。

——だとすると、この封筒を俺の部屋のポストに入れたのは……。

もしも今、俺が思ったことが正解だとしたら、綾木さんは俺に、とても重要な隠しごとをしていることになる。

夕焼けが彼女の頬を、そして俺の視界を紅く染める。

綾木さんとの関係が壊れることを恐れ、告白を躊躇っていたこと自体、馬鹿馬鹿しく感じられた。

たった今、これまでの関係なんて木っ端微塵《こっぱみじん》に吹き飛ばされてしまったのだから。

「綾木さん」

呼びかけに目線を上げた彼女の表情。泣きそうで、けれど熱っぽく目を潤ませている。

見たこともない、彼女の新たな一面。

綾木さんは俺にこの姿を見せて、一体どうしたかったのか。そもそも鍵が欲しいだけならば、「ドアポストに封筒を入れて」と一言言えばよかったのだ。そうすれば避けられた事態を、彼女は自ら引き起こしている。

それが何故かはわからなかったけれど、彼女がかろうじて覆い隠している真意を、ここで暴《あば》くつもりはなかった。

俺は自分に、計算しろ、と命じた。

彼女が吐いているかもしれないささやかな嘘に便乗すればきっと、もっと濃く、もっと深く彼女を知ることができる。

思いもよらないことから変えられてしまった関係を、この場であっさりと完結などさせない。

何より俺は、体面をかなぐり捨てた、ありのままの綾木さんを見たかった。

「……こんなところまで、間抜けなんだね」

微笑んで溜息をつき、わざと軽口を言ってみると、彼女は俺の予想通り明らかに安堵の表情を浮かべた。

よくよく考えれば当然だ。こんなことをするのは冒険であり、怖くもあったのだろう。もしかすると、この姿を目にすれば俺が引くとでも思っていたのかもしれない。

「さっきもずいぶん大きな音してたけど、あれも転んだ音？」

「あれは……ベッドの上で、鍵かけちゃって……それで……」

「……そうすると、ベッドからうまく降りられないんじゃない？」

「……さすが清見くん。あれは玄関に行くのに……思い切ってベッドから、落ちた音」

推測が確信に変わる。

手足を拘束されたまま、ベッドから一メートルは離れた座卓の上の携帯を取ることなんてできない。

綾木さんがあの鎖に鍵をかけたのは、間違いなく友達にメールを送った後のことだ。

しかもいくら彼女がドジだからと言って、自由を取り戻すための大切な鍵を、郵便が届かないような時間から待つなどという危険を冒すはずがない。

　彼女が待っていたのは、本当にこの封筒だろうか。

「怪我《けが》は？」

「大丈夫……。ぶつけるの、慣れてるし……」

「痺れたりは？」

「……ちょっとだけ」

「もう、外した方がいいんじゃない？」

「あ……うん、そうだね……」

　普段どおりの顔をした俺を見てホッとしたのか、彼女の緊張がすうっと消えた。だが俺はそれを見て、奇妙な高揚感を覚えていた。

　味わったことのない感覚に胸がざわつく。

　綾木さんが俺の用意したルートを辿り、思った通りに感情を変化させる。その道の先が袋小路になっていることに、彼女はいつ、気がつくだろうか。

「綾木さん。封筒開けるよ。その南京錠、開けていいんだよね？」

「えっ？　……うん。……お願い」

　ついさっきまで、彼女に告白なんてできないと思っていた。

　自分の気持ちが受け入れてもらえることなどない、二人の距離が一ミリほども縮まることさえ、ないと思い込んでいた。

けれど、俺を縛りつけていた鎖は彼女のお陰で解かれた。

封筒の隙間に指を入れ開封していると、町内放送のスピーカーから、午後六時を知らせる音楽が流れ始めた。

夕焼けの色が、部屋の中にも満ちている。

ふと、〝逢魔《おうま》が刻《とき》〟だからかもしれないなと思った。人の理性を狂わせる妖しい時間だ。彼女もきっと、このシチュエーションに惑わされている。

わざと「開けていいか」と尋ねることで、俺が一つ、彼女が自分で解錠するという選択肢を奪ったことに、綾木さんは気づけていない。

封筒を傾けると、中からコロン、と銀色の鍵が転がり出てきた。

「鍵は、この一つだけ？」

「うん……」

彼女の視線が、俺と鍵との間を行き来する。たまらなく不安そうで儚《はかな》い印象の彼女に、俺の背筋はぞくぞくと震えた。

この鍵は、彼女の自由を制限しているものだ。それが今、俺の手の中にある。

綾木さんは南京錠を外してもらえると完全に思い込んでいるらしい。少しも疑うことなく解錠されるのを待つ姿を見ていると、勝手に口角が持ち上がった。

綾木さんの目がきちんとこちらを捕えているのを確かめてから、俺はその小さな鍵を、今の彼女にはどうやっても手の届かない本棚に、カチャ……と音を立てて置いた。

「えっ……」

それを見た瞬間、綾木さんの目の色が変わった。

絶望、困惑、そして、消し切れていない期待。

眉をたわめた堪らなく扇情的なその表情を見て、彼女が望んでいるものをはっきりと理解する。

理性を投げ捨てて暴走したくなる気持ちを抑えつけ、俺は彼女の横に腰を下ろした。

「綾木さん。とりあえず……アイスでも、食べる？　これ、好きなやつじゃなかったっけ」

顔に戸惑いの色を浮かべた彼女が、俺を見る。

「……す、き……で、でも……」

鍵は？　そしてどうやって？　とその目が訴えてくる。

俺はそれには構わず、コンビニの袋からアイスのカップを取り出し、蓋を開けた。

「もう少し……綾木さんの話、聞いてみたくて」

「話……って……？」

とっくに溶けてクリーム状になったバニラアイスを、プラスチックのスプーンですくい、情けなく震えそうになる手にぐっと力を入れて、綾木さんの口元へと向けた。

息を呑み、顔色をうかがってくる彼女に、俺は黙ったまま口を開けるよう促す。すると少し躊躇いつつも、意外とすんなり唇が薄く開いた。

俺は冷静を装ったまま、その隙間に、くっ、とスプーンを押し込む。

「……美味しい？」

「………おい、しい……」

「いつも、一人でこんなことしてるの？」

「…………い、……いつもじゃ……ない、よ」

「でも、してはいたんだ。……すぐ隣の部屋で」

綾木さんは俯き、顔を赤くする。

図星か、と頭の中だけでその反応に微笑んで、俺は彼女に片手を伸ばした。

「こうして――」

「あ……」

「自分を縛る、理由は……？」

彼女の背中側で手枷と足枷を繋いでいる南京錠に触れた。指先でチャリチャリと音を立てて、ひんやりとした金属の感触を楽しむ。

「……理由とかは、よく……わかんない……。でもこうすると……ドキドキして、……すごくドキドキして、自分のこと、止められなくて……」

聞こえないほどの小声でぽそぽそと呟いて、彼女は再び俯いた。

まるで納得できない説明だったが、俺はただ、彼女はそうなのだとだけ思った。「外せないほうがいい」と言った綾木さんの言葉は本心なのだろう。

もう一度溶けかけたアイスをスプーンですくい、彼女の唇に運ぶ。彼女の喉が、嚥下《えんげ》のたびに、そして何か言い淀むたびに何度も上下するのを、俺は不思議な気持ちで眺めていた。

キャミソールとショーツだけの姿で、自ら手足を拘束した綾木さんが目の前にいる。完全に日常から逸脱した光景だというのに、頭の中では奇妙なほど、今の状況を受け入れていた。

カップの表面に結露した水滴が、掌を伝い、たらたらと腕を滴る。

ほとんど液体になってしまったアイスから最後の塊をすくい取って彼女の唇に押し当てると、俺は再び口を開いた。

「綾木さん」

「な、に……？」

「俺ね、綾木さんのこと……好きだよ」

「え……？　あっ……」

スプーンを押し込むと、どこか惚《ほう》けた彼女の口の端からトロリと、液体になったアイスが流れ落ちた。

俺がこの部屋に来てからもうずっと、綾木さんの心臓は早鐘を打ち続けたままなのだろう。

でも、今の俺ほどではない気がする。

この姿を俺に見せようと思った彼女の真意などわからない。けれどこんな姿を見たからといって、彼女を好きだと思う気持ちは、ほんの少しも変わることはなかった。

沸騰寸前《ふっとうすんぜん》の頭で考えた卑怯な計算。

本当の意味で彼女を手に入れるために、俺は一歩、動き出した。

「だからこんな一面が見られて、正直、嬉しい」

「うれ、しい……？」

「他に誰か、このことを知ってる人は？」

「……いない」

「それはそっか。自分でこんなことするなんて、あんまり、人に言うことじゃないよね」

「……うん」

「……誰にも知られたくないこと……だよね」

再度、彼女が小さく頷く。

彼女の唇から流れたアイスが、拭われることもなく胸元を濡らしている。乳白色のその雫に吸い寄せられるように、俺はその甘露に舌を這わせた。

「あっ……」

「俺、綾木さんのせいで……すごく卑怯になりそうだよ」

戸惑《とまど》いの声には耳を塞いで、俺は綾木さんの素肌にかぷ、と歯を立てた。彼女の体が、ひくっと、微かに震える。

その反応に思わず笑みを漏らしてしまいながら、俺はその甘い白線を舌でなぞっていった。

鎖骨も、顎も、わざとらしいほどにゆっくりと舐めていく俺の額に、綾木さんの浅く速い吐息がかかる。

唇の端にまで辿り着いたところで、すっ、と顔を離すと、予感に薄くまぶたを閉じかけていた彼女が目を開け、切なげに俺の顔色をうかがった。

いっそこのまま抱き締めてキスをしたい。

そんな衝動を押し殺して立ち上がると、俺は本棚に置いてあった鍵を指に摘み彼女に囁きかけた。

「綾木さん。鍵……欲しい？」

彼女の目の前でそれを揺らす。すると、その目はもの言いたげに細くなった。

「ほら……取り返さないと。ちゃんと取れたら外してあげるよ。誰にも、このことは言わない。けどその代わり……そうだ、毎日、夕飯作ってもらいたいな」

俺はわざと、不公平な条件を口にして綾木さんの理性を試したけれど、彼女は熱に浮かされたようなとろけた表情のまま、俺と鍵とを交互に見つめた。

「……そんなことで、いい、の……？」

「じゃあ、体でも差し出す……？」

「っ……、それは……えっと……」

「冗談だよ」

夕飯なんて口実だった。体だけの関係なんてものも要らない。

彼女の心を覆う殻《から》を壊してしまいたい。嘘も誤魔化しも含まれない、本心を曝《さら》け出《だ》した彼女が欲しい。

「で、でも……鍵、どうやって……」

「さっき、玄関のドアを開けたときみたいに」

かあっ、と赤くなった頬が、俺の想像が正解であることを教えてくれる。手の使えない彼女がドアの鍵を開けるとしたら、口で開けるしかないはずだ。

「器用な口みたいだし……ほら、これなら届く？」

恥ずかしいとでも言いたげに、綾木さんは泣き出しそうな表情を浮かべる。けれど観念したのか、一瞬だけちらりと俺を見て、よろよろと覚束《おぼつか》ない動きで膝立ちになった。

口が、数度開いては閉じてを繰り返した後、躊躇いがちに開かれる。

見たこともない、彼女の弱々しい姿。この瞬間、彼女が頼れる相手は世界中で俺しかいない。

口唇から覗いた白い歯が鍵を捕らえそうになると、俺は意地悪く少し手を動かす。空振りした唇を尖らせ恨みがましい目を向けつつも、彼女は何も言わずただ従順に首を伸ばし、鍵を取ろうとあがく。

くす、と勝手に漏れ出た笑い声で、いま、自分がこの歪《いびつ》な状況を楽しんでいることを知った。

恐る恐る、彼女の口が鍵に近づく。

とっくに日は暮れ薄暗くなった部屋の中で、影のように動く綾木さんの柔らかそうな唇が、ゆっくりと鍵の先端を含んだ。

「……よくできました」

鍵を咥《くわ》えたまま俯く綾木さんの息が、不自然なほど上がっていることに、俺はちゃんと気づいていた。

そして自分の中で、欲情が熱くたぎり、奔流となって渦巻いていることにも。

唾液に湿った鍵を手に取ると、彼女を封じ込めていた南京錠をカチリと解いた。

「じゃあ綾木さん。改めて……また明日から、よろしく」

安堵からだけとは到底思えない熱い溜息を吐いた彼女に、俺は努めて冷静に告げた。

4

私には空想癖がある。正確には、妄想癖、かもしれない。

〝もしも〟と、実際には起きてもいない状況を思い浮かべては、次から次へと連鎖反応のように想像を膨らませていくのだ。

もしも好きな人に告白をしたら、彼は驚いた顔をするのか。それとも平然と受け入れるのか。万が一、付き合うことになったら、どのように肌を重ねることになるのだろう。そしてもしも私の秘密を知ったら、彼は、どんな反応を示すのだろうか。

あの日の私はそんな妄想に囚われ、ほとんど暴走していたと言ってもいいくらいだった。

引かれるかもしれないし、嫌悪されるかもしれない。怯《おび》えながらも私は、知られたいという欲望に抗《あらが》えず、彼には内緒で一つの賭けをした。

初め、清見くんは驚き、戸惑った様子だった。けれどそれでも、私の話を受け流すことなく聞いてくれた。

そこまではなんとなく予想していた通りだったのに、彼は自縛を解く鍵を、私には手の届かない場所に置いた。その時私は、背筋を這い上がってくる淫らな期待を抑え込むのに必死だった。

正直に言ってしまえば、それこそが望んでいた状況だったからだ。

――自分の意思では決して外せない拘束をされたい。

誰にも言ったことのない、私の秘密。

どうしてそんな願望を抱くようになったのか、その理由はよくわからない。けれどその片鱗を自覚するようになったきっかけは、今でもはっきり覚えている。

あれは中学二年の夏。放課後の教室で、女友達数人とたわいもない話をしていたときのことだ。

ふと誰かが、男子生徒の机の中に隠されたアダルト雑誌を見つけた。

原色の文字が躍る誌面いっぱいに広がった、女性の一糸纏《まと》わぬ姿。性欲を煽るような上目遣いの写真。同性のそんな姿に対する嫌悪感は確かにあったのに、私たちは好奇心のままにその雑誌を開いた。

どこかに、本の持ち主に対する悪戯めいた気持ちもあったかもしれない。

照れくささからか普段より笑い声は大きくなり、囃《はや》し立てながらページがめくられていく。そして本の後半に差し掛かったころ、突然私は誌面から目が離せなくなった。

裸体に唯一身に着けた手枷を、天井から伸びる鎖に繋がれた女性が、じっと切なげにこちらを見ている。次のページにもまた、拘束具に全身の自由を奪われた女性の姿が。そのまた、次のページにも。

普通のヌードとは一線を引いた、妖しい毒々しさを匂わす写真に、私は何故かじくじくと下腹が疼くのを感じていた。

自由の奪われた体を想像すると、心が自覚するよりも先に、肌がうっすら粟立った。

もしかして私は今、興奮しているのだろうか。そう思った時、友人の一言が火照《ほて》った頭に冷水をかけた。

「うわ……何これ」

それまでのはしゃいだ空気が一気に鎮まっていく。軽蔑とは少し違う、白眼視するような低温の眼差し。

そっと周囲をうかがう。

誰もがみな一様に笑顔を失くし、いまだ頬を赤くしたままなのは私だけのようだった。

「あいつ、こんなのが好きなの？　ちょっと……変態っぽくない？」

まるで自分のことを言われたようで、私は視線を彷徨《さまよ》わせた。

「湊」

「え？」

「もうしまおう。なんか気分悪いし」

「……うん。そうだね」

みんなにはもう見たくないと言われ、雑誌はあっさりと閉じられた。私は、後ろ髪を引かれる思いでそれを机の中に戻した。

こんな気持ちは人に知られるべきではなく、むしろタブーなのだ。みんなの冷淡さは、その証明だった。

もともと私には、母と二人きりの生活のお陰で、良い子でいようとする癖が染みついていた。

だから人に悪く思われないよう、願望を胸の底へと封印することは、それほど難しいことではなかった。

高校生のとき初めて出来た彼氏にさえ、私は最後まで心の内を明かすことはなかった。

初体験を、こんなものかと思ってしまったことも、真夜中にこっそりとする自慰の方がよっぽどいいと感じたことも。

告げなかった理由はただ一つ。友人にも彼氏にも、こんな自分を理解してもらうことが、到底期待できなかったからだ。


それなのに、清見くんに対してだけは違っていた。

ただの勘だったけれど、仲良くなればなるほど、知れば知るほど、もしかしたら彼ならば、と思うようになっていた。

そして私は次第に、彼に秘密を知られたときのことを想像するようにまでなっていた。

そんな妄想が現実になりかけた、あの瞬間。

ちりちりと神経が焼け焦げるような緊張の中、清見くんが私の横に腰を下ろし、発熱した体に刺すような視線を向ける。

一瞬で溶けてなくなるアイスを美味しいと思うような余裕なんて、どこにもなかった。

さらに信じられないことに、清見くんはあんな姿を見たというのに、私を好きだと言った。

その言葉を口にしたときの彼の真っ直ぐな目を思い出すと、一瞬で気持ちが舞い上がる。

肌に甘噛みされ舌を這わされた、あの感触。私は、ただ抱き締められたくて、キスをされたくて、もっと先のことさえ欲しくて我慢の限界だった。

けれど、賭けが大成功だったのはそこまでで、彼は呆気なく体を離した。

二人の関係は劇的に変わったはずなのに、表面上は今までとなんら変わりないように見える。

その後私たちは、何もなかったかのように、あの出来ごとについては一切触れていない。

彼の言った「改めてよろしく」という言葉に深い意味などなかったのかもしれない。けれどその一方で、これは爆弾を抱えた膠着状態だとも思えて、私はいまだに清見くんと目を合わせられないままでいた。

唯一の変化は、彼の要望どおり、私の用意した二人前の夕飯を一緒に食べるようになったことぐらいだ。

今夜のおかずはコロッケとマカロニサラダ、それに卵のお吸い物にした。

ずいぶん前に、抜けきらない習慣で多く作ってしまったものをお裾分けしたとき、好物だと言っていた記憶があったからだ。

揚げたてのコロッケをお皿に山盛りにする。

我ながら美味しそうだと自画自賛して、私は隣室との境目の壁を、コンコンコンと叩いた。

初めはチャイムを押しに行っていたのだが、「壁を叩いてくれたらわかるよ」と言われてからはそうしている。

すぐに向こう側から控えめな応答があり、私は再び、「ゴハン」と言うように三度壁をノックした。


「お邪魔します」

「うん……どうぞ」

このやり取りも今日ですでに十回目だ。

あのことがあってすぐは、一体どんな顔をして会うべきかとひどく緊張した。暴れまわる心臓を抑えるのに必死で、ろくに会話もできなかった。けれど、そんな堅い空気も徐々に薄れてきている。

普段は思慮深そうな清見くんの表情が、料理を口に含んだ瞬間、ほろっ、と柔らかくなるのを目にすると、思わず私も微笑んでしまう。

本人に自覚はなさそうだったけれど、清見くんは意外と感情が素直に表に出る。

私だったら絶対に、うえっ、と顔をしかめてしまうような難解な数式を前にしたときは少年みたいに目が輝くし、間抜けな失敗談を話したときには、呆れつつも笑ってくれる。

今も、部屋に入り座卓の上にのったコロッケを見て、かすかに嬉しそうな顔になった。

「コロッケ好きって、だいぶ前に聞いた気がしたから……」

「うん、好物だよ」

清見くんの口数があまり多くないのは、最初に出会ったときの印象そのままだ。このアパートに引っ越してすぐ、隣人である彼に会ったときには、人間嫌いなのかと思ったほどだった。

彼の印象は、奥深い森だとか、凪《な》いだ湖だとかを連想させた。物静かな雰囲気に尻込みしそうになったけれど、引越しの挨拶にとお茶菓子を手渡すと、彼はまっすぐ私を見てとても丁寧に「ありがとう」と言った。

さらに数日後、オリエンテーションの会場で偶然清見くんを見かけて声をかけたときには、彼は「綾木さん……だっけ」と、きちんと私の名を覚えてくれていた。そのときの私はまだ、彼の名前をうろ覚えだったというのに。

新しい環境の中で出来た第一の知人として、私は彼に興味を持ち、そしてあっさりと惹《ひ》かれていった。

清見くんの人付き合いは決して多くないけれど、先生たちからの信頼は厚い。授業をサボることはなく、課題も文句なしの出来で提出し、さらに頼まれごとは嫌な顔ひとつせずに引き受けるのだから当然だ。

ほんの少しの怠惰さも滲ませず着実に毎日を過ごし、いつも落ち着いていて、短絡的なところがひとつもない。

そんな彼を優香子たちは地味だとか変わった人だと言うけれど、私にしてみれば、今まで出会った誰とも違う清見くんは憧れの存在だった。

「ご飯、これくらいで大丈夫……？」

「ありがとう」

ラグに腰を下ろした清見くんに、ほかほかと湯気を立てているご飯を渡す。

お茶碗を受け取ってから、彼は自然な仕草で手を合わせた。

「いただきます」

「どうぞ。あ……ソース、いる？　お醬油《しょうゆ》の方がいい？」

「あるなら、ソースで」

取り皿によそった俵《たわら》形のコロッケを、清見くんがサクッ、とかじる。

評価をうかがうようにこっそりと顔を覗きこんでいると、目を細めて、「美味しいよ」と言ってくれた。

「……今日の授業さ、難しくなかった？」

「三限目の数論？」

「うん。難しすぎて寝ちゃいそうだった……」

「秋津先生は時々、意地の悪い出題するよね。引っかけ問題も多いし、ちゃんと頭を使って考えろって言いたいんだろうけど」

「そんな意図まで読み取る前に、わかんなくて投げ出しちゃうよ」

私が少しふざけると、清見くんは、ふっ、と笑う。

ここのところぎこちない空気が流れていた会話も、今ではほとんど普段どおりにまで戻った気がする。

「時々ほんとに投げ出して、寝てるときあるよね」

「それは……ほんの、たまにだけ……」

「そう？」

「……眠たいの我慢するって、難しいよね」

「そうやってるとまた、テスト前に苦労するよ」

「その時はまた……清見くんにノート、見せてもらう」

清見くんの目が優しく笑う。

彼と仲良くなれている自信はあった。けれど想いを伝えようとすると、自分の卑猥な一面が邪魔をした。

だからこそ余計に、あんな姑息《こそく》な罠を仕掛けてでも、自縛という秘密を明かしたかったのかもしれない。

「ごちそうさまでした」

食べ終わった清見くんが、手を合わせて丁寧に言う。

「お粗末さまでした。お吸い物、ちょっと味が薄かったね」

「そんなことないよ。ちゃんとダシが取れてたし、美味しかった」

「……よかった」

いまだ隠しごとをしているという罪悪感にちくりと胸を刺されながらも、同じ食卓を囲んでいることに、私は幸せを感じていた。

賭けをしていたことは明かさないまま、勇気を出して「私も好き」と告白すれば、普通の恋人たちのように幸せな時間が始まるのかもしれない。

そんな甘い考えに浸っていると、ふいに清見くんは傍らに置いていた鞄を引き寄せた。

「綾木さん」

「なに？」

「これ、プレゼントというか……預かってて欲しいんだ」

「預かる……？」

「自分が持ってると、暴走しちゃいそうだから」

「……暴走？」

清見くんは鞄から、紙の冊子と黒い袋を取り出し、私に手渡した。

「綾木さんを、無理矢理にでも拘束したくなりそうだから」

その台詞に、私は一瞬にして緊張に包まれた。

静かにこちらを見る彼の目は、執行猶予期間は終わりだと告げているようだった。

袋を握り締めると、布の中で、チャリッ、と金属が鳴る音がした。耳慣れた音とその手触りに顔が熱くなる。きっと中身は、拘束具だ。

ふと見れば冊子の表紙には、『自縛方法』とはっきり書かれていた。

「綾木さんが自分から、〝縛りつけて欲しい〟って俺にお願いしたくなるまで、預かってて」

「じ……自分、から？」

「うん。前も言った通り……俺は、綾木さんが好きだから」

思いもよらぬことを言われて頭は混乱し、緊張して息が詰まる。

好き、と強調された言葉を、私はこっそり口の中で反芻《はんすう》した。

「だから、綾木さんの気持ちが正面から俺に向くのを待ちたいというか……それまでは、一応……紳士的に」

「私も好き」と答えると同時に、「あの封筒は、私が――」と真実を暴露《ばくろ》してしまいたい衝動に駆られ、顔を上げる。

けれど私は、かつての同級生たちが見せた冷やかな目を思い出して一気に怯んだ。

私が望みを叶えたいがために姑息な賭けまでしたこと。そして、あの日の情景よりももっと生々しい妄想を抱いていることを知ったとき、清見くんはいまと変わらず、真っ直ぐにこちらを見ていてくれるのだろうか。

好きだと言う彼の言葉を、私は、うまく信じられずにいた。

「ただ、一つだけ約束して欲しいんだ」

「……約束？」

口をつぐんだ私を見て、おもむろに清見くんが冊子を指差す。

「これ、自縛の方法が書いてあるんだけど……一人ではやらないって、誓って欲しい」

「一人では……？」

「うん。するときは俺に、自縛するって知らせてもらいたい。安全のためにも」

「……………するときは、清見くんに、言うってこと……？」

「そう。でも、念のため言っとくけど……二人ですれば、〝自縛〟じゃなくなるからね」

「え……？」

「俺がその鍵をかけたら、綾木さんはどうなる？」

「どうって……」

ようやく言われていることが理解できた。

失敗すれば、とんでもない事故に繋がる危険性もある自縛。自分では容易に解くことが出来なくて、かつ、必ず自力で解ける方法しか選べない。

もし、その鍵を清見くんがかけてくれるとしたら。

きっと自分の手の届かないところで錠がかけられ、どうあがいても、抜け出すことは出来ない拘束が完成する。

なすすべもなくうずくまる私を、鍵を手にした清見くんが見下ろし、意味ありげに微笑む情景が脳裏に浮かぶ。

覆い被さってきた彼の手が剝き出しの皮膚を這い、喘ぐ私の唇を塞ぐ。

淫らな妄想が先走り、ぐにゃりと視界が歪んだ。

「約束……。絶対、一人でしちゃ駄目だよ」

現実の声に念を押され、私は熱に浮かされたまま、うん、と小さく頷いた。

5

清見くんが自分の部屋に戻ってからTシャツと短パンというラフな部屋着に着替えると、私は手早く洗い物と片づけを済ませた。

それからずっと、冊子と袋とを睨んでいる。

URLが書かれているところを見ると、この冊子はインターネットの画面を印刷したもののようだ。

不思議なことは立て続けに起こるものなのだろうかとぼんやり考える。

好きだと言われたことでさえいまだ信じ切れていないというのに、彼はどんなつもりでこれを私に渡したのだろうか。

縛られたい、けれどなかなかそんなことを叶えてくれるパートナーがいないから、仕方なく自分でする自縛。

こんなサイトがあるくらいだから、きっと似たような人間はあちこちにいる。

絶対数は少ないだろう。けれどそのほとんどの人が私と同じく、秘密として胸の内に潜めているに違いない。

「自縛方法……」

表紙に印刷されたタイトルをポツリと読み上げ、自分が自縛という〝お遊び〟に興じ始めたころのことを思い返した。

大学入学を機に始まった一人暮らし。それまで気にしていた母親の目もない、自由な環境。心の奥底に隠していた、縛られたいという願望を、私はある夜、こっそりと実行した。

最初は本当にささやかなものだった。

一〇〇円均一の店で買った電源ケーブルを留めるための結束バンド。プラスチックでできたその細い帯を両足首に巻き、輪を縮め固定する。ただ、それだけ。

けれど私は拘束されていく自分の両足首を、息を飲んで見つめた。

一度縮まればもう広がることのない輪が、キチ……キチ……と一ミリごとに狭まっていく。まるで健全な精神を侵蝕《しんしょく》し、崩壊させていくような音。それまでそこにあったはずの自由が消え失せ、日常が呆気なく非日常に切り替わる。

そう考えると、「もしもこの拘束が自分の意思ではなく、第三者にされたものだったら」という連想が始まった。

架空の人物が、体の自由を奪われた私を弄び、「もう逃がさない」と囁きかけてくる。止めて欲しいという哀願も聞き入れられず、絶えず執拗に快楽を与えられ、不本意にも絶頂を迎えてしまう。

そんなふしだらな妄想は、私に堪らない享楽をもたらした。

そして最近では、その相手は清見くんであることがほとんどだ。

――清見くんに縛られたい。

秘密の願いを叶えて欲しい。けれど言い出せるわけがない。だから私はあの日、わざと知られてしまう状況を作り、彼の出方をうかがった。

これは、そんなずるいことをしてしまった罰だろうか。

――綾木さんを、無理矢理にでも拘束したくなりそうだから。

耳に甦った清見くんの声に操られるようにして、黒い袋に手を伸ばす。

恐る恐る袋を傾けると、ジャラッ、と中身が机の上に流れ出てきた。

鈍く光る鎖と、小ぶりな南京錠と鍵が二つずつ。そして実際には初めて目にしたボールギャグが、触れるのも躊躇ってしまうほどの卑猥さを漂わせている。

「……こん、なのを……清見くんが用意するなんて」

思わず目を逸らしてしまいそうになりながら、今度は冊子を手に取る。表紙をめくれば、そこには箇条書きで、自縛に関する手順がぎっしりと記されていた。

パラパラとページを進めると、『手順1』から『手順10』までの項目がある。

そして最後に載せられている完成図と題されたイラストを見て、私は息を乱した。

それは下着姿の女性の絵で、全裸ではないものの、一目で尋常ではない状態だとわかる。

お尻を高く上げ這いつくばっているような格好。肩と、ボールギャグを咥えた顔は床に押し付けられている。

両手首に巻かれた手枷の鎖は、曲げられた膝の後ろで南京錠によって留められ、両足首に着けられた足枷から伸びた鎖はどこかに繋がれているようだ。

そんな彼女の目の前には、氷に封じ込められた鍵がポンと無慈悲に置かれていた。

「氷が溶けるまでは外せない……」

かさかさに乾いてしまった唇を、私は無意識のうちに舐めていた。


——自分から、〝縛りつけて欲しい〟って俺にお願いしたくなるまで……。


もし私が、そうお願いをしたとしたら、彼は私をこんな風にするのだろうか。

「清見くん……お願い……」

リハーサルをするように口の中で呟いてみると、驚くほどに声が震えた。

「わ、私を……こんな風に、して」

こぽこぽと湧き上がってくる期待に、鼓動が速まる。

こんなものを用意したくらいだ。もしもそう頼めば、清見くんはきっと私の望みを叶えてくれるに違いない。

けれど、この方法だと、彼に渡されたものだけでは道具が足りない。

気がつけば私は、クローゼットの下に隠していた箱を開けていた。

〝お遊び〟を始めてしばらくしたころに買った、革の手枷と足枷を取り出すと、道具は全て揃った。

「あとは……〝お願い〟って、言うだけ……」

机の上に置かれた道具と冊子が、蠱惑的《こわくてき》な雰囲気を放ちながら私の目の前にある。

体の内側から、卑猥な好奇心がせり上がってくる。

もしもこの拘束が実現してしまったら、私は一体、どうなるのだろうか。

やはりドキドキするのか。それとも意外と平然としていられるのか。そして拘束された私を、清見くんはどうするのだろうか。

妄想が加速を強めた瞬間、かたん、とたがが外れた音がした。

皮膚が、締めつける枷の感触を欲しがっている。

欲望が理性を喰い尽くすこの感覚には覚えがあった。あの日とまるで同じだ。「約束」と言った清見くんの声が、頭の中で小さくなっていく。

「練習……」

そうだ、これは彼に告白をするための練習だ。きっと途中までなら、彼に内緒で一人でしたうちには入らない。

ただほんの少し、雰囲気を味わうだけ。時間をかけずに自縛して、そしてすぐに解錠すればいい。

鍵を氷の中に閉じこめたり、このボールギャグを着けてしまうような本格的なことまでしなければ。

私は、誰にともなく言い訳をして、ぺらっ、と冊子の表紙をめくった。

『手順1　準備』

一ページ目に書かれた文に従って、私はまず床に腰を下ろした。

冊子には、『できることならドアノブや何か取っ手などがある場所の近く』とある。部屋の中を見渡し、私はクローゼットの扉の前を選んだ。

用意する道具として書かれているものは全てある。ただ『鍵を氷漬けにする』ことだけは実行できないけれど、今はそれでよかった。

あくまでこれは、予行演習なのだから。

なんでもないことをしているのだと主張するかのように、あえて服も部屋着のままだ。

ちらっ、と時計に目をやると、針は午後八時半過ぎを指していた。

手早く九時前までには終わらせてしまおう、と、そんなことを思いながら、私は次の項目に目を移した。

『手順2　緊急事態に備えて、携帯電話、スペアキーを用意する』

この項目には細かい注意点がつらつらと記載されているようだった。

安全にも考慮した文章に安堵しながら、座卓の上に置いていた携帯電話をフローリングの上に移動させる。

「あとは……スペアキー……」

自分が元々持っている南京錠の鍵は、スペアも含めて、玄関や原付の鍵と一緒にキーホルダーにつけてある。

ボールペンやホチキスなんて大きなものでさえすぐに失くすくらいだから、一つにまとめておいたほうが安心なのだ。

清見くんに渡された黒い袋を逆さまにすると、チャリン、と二つ鍵が転がり出てきた。

試しに、同じく袋から出した南京錠を開閉してみると、それらは対になっていて、予備のものはなさそうだ。

別に手順どおりの必要はないか、と思う。ほんの少し、どんな感覚がするのかを知ることができれば満足で、すぐに外すつもりなのだから。

『手順3　今後の作業のため、全ての道具を自分から半径1メートル以内に置く』

私が持っていた手枷と足枷、清見くんに渡された長短二本の細い鎖、南京錠と鍵も二つずつ、そして無数の穴があいたピンポン玉のような球体にベルトのついたボールギャグ。

フローリングに拘束具を並べていくにつれ、私の動悸はどんどん速くなり、ここにはいないはずの清見くんの姿が瞼に浮かぶ。

「これを……つけて、欲しい……」

仮想の彼に告げると、パチッ、と頭の回路が弾けた。

すでに冷静さを失っているという自覚もないままに、私は再びページを一枚めくった。

『手順4　手枷と足枷を装着する』

だんだん現実から遊離していく意識の中、足枷を手に取る。

黒い革のベルトの片端には、普通よりも大きな縦長の穴が等間隔で開いていて、もう片端には尾錠の代わりに、輪になった金属の突起が一つある。

右足首にベルトを巻き、縦長の穴に金属の輪を通してベルトを留めた。

こうして穴から飛び出た金属の輪に、かんぬきのようにして鎖を通せば、枷そのものを外せなくなる仕組みだ。

ぴったり皮膚に触れる革の感触に、現実と妄想との境目があやふやになってくる。

「いやらしくて、ごめんなさい。私……清見くんにコレ、つけられたいって、ずっと思ってた……」

今はまだどこにも繋がれていない枷を全て身につけると、私は清見くんに懺悔《ざんげ》しながら、熱い溜息を吐いた。

『手順5　足枷に鎖を通し、ドアの取っ手やフックなどに繋ぐ』

二本あるうちの、一メートルほどある長い鎖を手にする。

座高より少し高い場所にある、クローゼットの扉についた銀色の取っ手。

足枷の金具に通した細い鎖をそこにくぐらせると、すでに肌はうっすら汗ばんでいた。

「なんか……捕まった人みたい」

まだすぐに解ける状態だというのに、いつもの何倍もドキドキする。清見くんの用意した道具を使っているせいだろうか。

ふと、部屋の壁に目を向ける。

耳に入るのは自分の荒くなった呼吸音だけで、隣からは何の音も聞こえてこない。

「清見くん……」

まだ引き返せる。

そう頭の片隅で思うのに、暴走し始めた体はより強い刺激を求めているようだった。

『手順6　足枷に通した鎖を南京錠で止める』

淡々と書かれている文章が、私の抵抗感を知らないうちに崩していく。

鎖の両端を重ねたところに、錠前のU字になった部分を差し込む。ほんの一瞬だけ躊躇いつつも、私はその錠を、カチッ……と閉めた。

「しめちゃった……」

そうして、足とクローゼットとが繋がった。試しに体を動かしてみると床を這う鎖はジャラジャラと音を立てた。

火照った体に急かされるように、すぐに次の手順に取り掛かる。

『手順7　氷漬けにした二つの鍵を、手を伸ばして届くギリギリの場所に置く』

体の脇に置いていた二つの鍵を握り締め、私は床をずりずりと膝で移動した。

冊子には赤字で、『※注意　ここで手が届かないと危険なので十分に気をつけること』と書かれている。

当然の警告だと思いながら、私はフローリングに寝転んだ。

うんと背伸びをすれば窓の近くにまで手が届いたけれど、鎖がピンと張り詰め、それ以上の動きは制限された。

万が一のことを考え、そこよりも少し手前に鍵を置く。

「ここなら……大丈夫」

何度か距離を確認して、再びクローゼットの前に座る。

次の『手順8　ボールギャグを装着する』はスルーして、『手順9　膝の後ろで手枷に鎖を通し、南京錠をつける』に移った。

この後にあるのはもう、『手順10　完成』という項目だけだ。視界にちらちらと、あの完成図のイラストが映り込む。

手枷はすでに着けた。あとは鎖を金具に通して錠を閉めるだけ。そうすれば私も同じ姿になる。

「こんな格好を……清見くんに見せるの？」

口の中で呟いて、ふと疑問が湧いた。

清見くんは、どうしてこの自縛方法を選んだのだろう。

私は、まんまと触発されて、淫らな妄想に背中を押されるままここまで実行してしまった。では、彼の方はどうなのだろう。私がこうなることを望んでいるのだろうか。

胸の内で、むくむくと期待が育つ。

ここで自縛を止める理由を、私は自分の中に見つけることができなかった。

三十センチほどの鎖を、ゆっくりと両方の手枷の金具に通す。後ろ側の作業は少し手間取ったけれど、慣れもあってか意外とすんなり出来た。

そして私は鎖の両端の輪に錠をかけると、指で、くっ、と押し込んだ。

カチャ……、と金属音が背後から聞こえ、錠は完全に封じられた。

「は……ぁ」

フローリングにかかる吐息が荒い。木の冷たさが頬に伝わる。膝裏に手があることで、高く突き上げたお尻を下げることは出来ない。

「私……すごく興奮、してる……。ほんとに……清見くんにこうされたいんだ……」

途中までで終わらせることなんて不可能だった。言い訳がましく省略しただけで、ほとんど冊子に書かれている通りのことを実行している。

もう、誤魔化したり偽ることなんて出来ない。

私は〝自縛〟がしたいわけではない。ただ、清見くんに縛られたいのだ。そうはっきりと自覚したとき、自らの手で拘束を完成させたことに、堪らない虚しさを覚えた。

壁にある時計を見ると、すでに午後九時を過ぎていた。

「そろそろ……解こうかな……」

ふと窓際に置いた鍵に目をやったとき、いきなり不吉な予感に襲われた。

「……あれ……？」

思ったよりも二つの鍵が遠くにあるように感じる。

きちんと、自分の手の届く場所に置いたのだから問題はないはずだ。それなのに何か大事なことを見落としている気がした。

「……届く……よね？」

注意書きにも従ったし、何度もそれは確認した。

ドクンドクンと心臓が鼓動を速め、頭から一気に熱が去っていく。

『手を伸ばして届く場所』

確かに冊子にはそう書かれていた。

鍵に向けて手を伸ばそうと腕を動かす。けれどすぐに、ガチッ、と金具が擦れる音がして、指先を体から離すことは出来なかった。

「え……？」

自分がしでかした馬鹿すぎる失態に目の前が暗くなる。

どうして書かれていたことを全てそのまま信じてしまったのだろう。そこに誤りが含まれているなんて思いもしなかった。理性を失っていたにしてもこんなミスに気づかないなんて、間抜けにも程がある。

まだ拘束される前の自由な手で届く場所に置いた鍵を、今の私に取れるわけがないというのに。

「ど、どうしよう……」

這ってそこまで行けないかと試みたけれど、クローゼットに繋がっている鎖が邪魔をする。

顔が届かないかと精一杯に顎を反らしてみても何の効果もない。

指先で何か道具を使おうにも、自分が動けるのは直径一メートル弱の範囲だけ。緊急事態のためにと用意した携帯電話も、画面を見られなければ何の役にも立たない。

指の感覚を頼りに出来るのは、せいぜい通話履歴に電話をかけることくらいだ。けれどそれも、女友達にこんな姿を見せる覚悟がなければ出来ない。

「どうしよう……なにか、方法……」

ふと部屋の壁に目を向ける。

「……清見くん」

緊張で、きりきりと頭が痛んだ。

彼をこの場に呼べば今度こそ、賭けでもなんでもない、本当の姿を晒してしまう。体にはきっと、興奮の名残がある。蒸発した汗は空気中にたっぷり漂って、いやらしいにおいを発しているに違いない。

約束を守れなかったという負い目もある。

しかし、どう考えても自力ではこの状態から抜け出せない。

夕飯を告げるときのようにノックをすれば、彼は気づいてくれるだろう。窓も玄関も鍵が閉まっているけれど、清見くんならきっとなんとかしてくれる。

呆れられ、引かれてしまうかもしれないなどと、怯んでいる場合じゃない。私にはもう、彼に縋るしか選択肢がなかった。

ずりずりと不格好な動きで壁際に寄り、肘で何度も繰り返し、壁をノックする。

「お願い、気づいて……」

助けを求めるように呟きながら返事を待つと、向こうからようやく、コンコン、と応答があった。

一筋垂らされた糸にしがみつくように、私はもう一度、肘を壁に打ちつける。

窓を割るにせよ、大家さんに鍵を借りるにせよ、それなりの代償は覚悟しなければならない。

けれどそれから一分も経たないうちに、ガチャッ、と、玄関の鍵が開けられる音がした。

6

「どうして……玄関、開けられたの？」

すっ、と部屋に現れた清見くんの姿を見上げて、私は開口一番尋ねた。驚きのせいで、今の自分の格好を忘れてしまいそうだ。

清見くんは私を見て一瞬だけ目を見開き、すぐに微かに笑みを浮かべた。

「鍵、ちょっと借りてたから」

「いつの間に……？」

「さっき部屋を出るときに、ちょっと」

「ど……どろぼう。……明日になったら、それがなくなってること、私、気づくのに」

小さな猫のぬいぐるみがついたキーホルダーを手にした清見くんが、床に這いつくばったままの私のすぐ横にしゃがみこむ。

「それは大丈夫。絶対今夜のうちにこうなるって、確信してたから」

「な、なんで……？」

「綾木さん、目の前にぶら下げられた餌に食いつくの、我慢できないみたいだから」

清見くんの手が、ふいに私の頭を撫でる。

どうしてだろう、こんな状況だというのに彼はどこか上機嫌に見えた。

あけすけな物言いに反論したかったけれど、どんなに言い繕ったところで説得力は皆無だ。今の私はまさに、釣り上げられた魚と同じなのだから。

けれど清見くんは、私のこのアクシデントまで予見できたのだろうか。

「……外せなくなることも……分かってたの？」

「うん。綾木さんのちょっとドジなところに賭けてみたんだけど、本当にひっかかったね」

「ひっかかった？」

「あの冊子、少し文章いじったんだ」

「え……」

「でも、綾木さんが約束を守ってたら、こういうことにはなってないよ」

見下ろされているせいだろうか。それとも罪悪感のせいだろうか。穏やかな表情の清見くんから、ほんの少しだけ威圧的な空気を感じる。

「何か言いたいことはある？」

「ご、ごめんなさい……約束守れなくて……。でもこれ……外して、欲しい……」

「外れない方が、よかったんじゃなかった？」

確かに以前私はそんなことを言ったし、こんなシチュエーションはこれまでに何度も妄想している。

けれど現実に起きてみてようやく私は、強烈な羞恥を感じていた。

シャツに短パンを穿いているとはいえ、お尻を突き上げひざまずいているような格好。拘束具のせいで、注がれる視線から逃れる術さえない。

目を伏せ言葉に詰まっていると、清見くんが私の傍らに転がっていた携帯電話を拾い上げた。

「これ、使えばよかったのに」

「……使えないよ……画面、見えないのに」

「使えなかった？」

「うん……」

「そう言えば綾木さん、この間、いつからあんな格好してたの？」

突然変わった話題に面食らいながら、私は必死に頭を回転させた。

あの日は、ドアポストに封筒が届くのを、自縛した姿で待っていたということになっている。

郵便が来るのはだいたい午前九時と午後三時の一日二回。

朝からでは早すぎるし、夕方では遅すぎる。しばらく待っていたとするならば、と逆算して、私は曖昧に答えた。

「あれは……お昼、くらい」

「昼から？」

重ねられた質問に小さく頷く。

すると、清見くんが珍しく、にっこりと笑った。

「綾木さんは、嘘つきだね」

「え……？」

「こんな姿を晒しといて、まだそんなこと言えるんだ」

清見くんは非難めいた言葉を口にして、装着することなく床に転がしてあったボールギャグを手に取った。

ざわっ、と嫌な予感に襲われ、私は体を捩って後ずさりした。

手枷がガチャガチャと大げさなほどに音を立てる。

「俺は、正解が知りたいだけだよ」

膝を擦りながら、少しでも距離を取ろうとした私の二の腕を、彼ががしりと摑む。軽く頭を床に押し付けられただけで、私は顔を背けることも出来なくなった。

「口、開けて」

「い、いや……」

「アイスは美味しいって食べられたのに。コレも、綾木さんの好きなものだよね」

意地悪く言って、清見くんは口枷の白い球体を私の唇に差し向ける。

指摘を完全には否定できず無言でいると、彼の指が私の鼻を、くっ、と摘んだ。

「んっ！　ンウウ……!!」

後ろに逃げるにも、すぐにクローゼットの扉にぶつかる。顔を振ろうにも、床が邪魔をする。

息苦しさに負けて口を開けた途端、球が口内に入れられた。かぽっ、という間抜けな音とともに、静かな攻防戦は呆気なく終わりを迎える。

「あっ、む……！　ンゥッ！」

全身に緊張が走る。舌で押し出そうとしてもそれは無駄なあがきだった。

私は、目の前の清見くんがいつもの彼とは違うことに戸惑っていた。普段の彼の、遠慮という膜に包まれているような雰囲気は微塵もない。

ぺちんっ、と後頭部でベルトが締められ、枷はぴったりと口の中に納まってしまった。

「ハッ、ふ……っ、は……っ」

「嘘を言って、繕って、本心を隠すような口なら無くてもいい」

プラスチックの球体にたくさん空いている穴のお陰か、意外なほどに呼吸は出来る。けれど舌が使えないせいで、口からは言葉になりきれないもつれた音が漏れるばかりだ。

混乱する私を置いて、清見くんが窓際に向かう。

「罰がいるね。たくさん嘘も吐いて、約束も破った綾木さんには」

「ぁ、ふ……っ？」

「そう、罰」

二つの鍵を手にして戻ってくると、彼は私の足枷の鎖についていた南京錠を、カチャッ、と開けた。

声音にも表情にも少しも荒々しさはないのに、私には清見くんが静かな獣に見えた。彼が捕食者なら、私は間抜けにも自ら罠にかかった餌《えさ》だろう。

無言で見下ろされて湧いてきたのは、純粋な怯えだった。

食べられるまでの時間をわずかでも稼ぐように、私は床を這って逃げようとした。

「ふ……ッ、はっ……、はっ……！」

私は一体いつ、罠にはまったのだろう。

自縛の鍵をかけたときだろうか。それとも、あの冊子を渡されたときだろうか。

あと少しで部屋の隅というところで、清見くんの手が、足枷についたままの鎖を掴んだ。

「どこ行くの？」

「はふっ……！　あ……ッ！　あ、ぁ――」

びんっ、と強く引かれ、体勢が崩れる。

床に転がったまま、私は清見くんの足元までずりずりと手繰り寄せられた。

「もう逃げ場がないのは、綾木さんが一番よくわかってるよね」

そう言って清見くんは、膝の裏に手を差し込むと、意外なほどの力強さでふわっ、と私の体を空中に持ち上げた。

まさか、と、浅ましい予感に強張っていた体は、すぐにベッドの上に下ろされた。

「ッ……！」

私の顔のすぐ近くに、清見くんが座る。

血流が速度を上げ、ドクドクという音が耳の中で鳴り響いている。溢れてくる唾液を飲み込むことさえできず、私はそうっ、と視線を上げた。

彼は案の定、私を見ていたけれど、その表情からは怒っているのか、呆れているのか分からない。

口の中に、唾液が満ちていく。緊張に渇いた喉を潤そうとしても、うまく嚥下できない。こんな格好で、さらに乱れていくことが堪らなく恥ずかしかった。

私は唇の端が濡れてくるのを感じながら、どうにかして欲しくて目で訴えた。

「もしかして涎《よだれ》？」

「う、ぅ……っ」

小さく、こくっ、と頷く。

彼は表情を少しも変えずに、私の顔を半分隠していた髪を耳にかける。

「外して欲しい？」

何度も何度も小刻みに顔を動かして、私は助けを求める。

「どうして？」

「ふぁふ、はっ、い……ッ……！」

「……何言ってるか、全然分からない」

清見くんはそう言ったけれど、私が「恥ずかしい」と言うつもりだったとわかったはずだ。彼は一瞬だけ、ふっ、と笑って、すぐに少し意地の悪い顔になった。

「そんなに外したいなら、これ、手枷の鍵。綾木さんが取れたら、外してあげるよ」

清見くんが座卓の上に、手枷の鍵をぽん、と置く。

ここから腕を伸ばしてようやく届くような場所に置かれても取れるわけがない。それに加えて、ベッドと座卓との間には谷がある。這って行くことさえ出来ない。

「前に、綾木さんがしてた拘束とは少し違うけど……でもこの間は、ベッドからテーブルの上まで手が届いたみたいだし」

何を言われているのかがわからず、きょとんとした私に、彼が質問をする。

「綾木さん、あの日はベッドの上で自縛したんだよね？」

素直に回答すれば解いてもらえそうな予感がして、私はすぐに顔を縦に振った。

「昼から、だったよね？」

それは嘘だったけれど、さっき自分で言ったことを否定してしまわないよう、こくこくと頷く。

「でも小川さんたちには、夕方になって綾木さんからメールが来てたみたいだけど」

返事に躊躇った瞬間、口の端から、つぅ、と一筋、唾液が流れた。

よく覚えてはいなかったけれどあの日、突然休んだ私を心配してくれた優香子に返信を打ったのは、確かに日がかなり傾いてからだった。

「手が使えないのに、どうやってメールを打ったの？」

答えることが出来ず、私は沈黙した。

「あの日、俺が来たときには携帯はテーブルの上にあったの、覚えてる？」

視線を泳がせて、私はふるふると首を振る。

「今と、同じ距離だよ」

記憶を辿り、思い出す。

メールを打ったあと、携帯はいつもの習慣で座卓の上に置いた。

しばらくの時間〝賭け〟を実行するかどうか悩み、夕方近くなってからやっと、私はベッドの上で自縛した。

「あれから……いろいろ気になって確かめたんだ。近所のポストに投函すれば、どんなに遅くても二日で手元に届く。消印の日付からは、一日しか空かない。あの封筒の消印は五日も前だったのは覚えてる？　……アパートへの配達は、だいたい九時と三時の二回。綾木さんが自縛を始めた五時ごろにはもう、郵便局の配達は終わってるんだよ」

私がしたことのほとんどが、彼にはばれてしまっている。

「……綾木さんはあの日、本当は何を待ってたのかな」

耳に痛いほど静かな声で囁いて、清見くんが立ち上がる。

緊張と不安がない交ぜになって、縋るような思いで彼の姿を目で追うと、真後ろに座って視界から消えた。

高く上げたままのお尻のすぐそばに清見くんの気配を感じて、頰が燃えるように熱くなる。

お尻を下げようとすれば腕が膝に挟まり、すぐに足が痛くなった。

「はっ、……ふ、ぁ……！」

シャツの裾から手が侵入してきて、私は思わず声を上げた。

指先が脇腹を通り、あばらをなぞる。ブラジャーの輪郭にぶつかると指は背中側に進路を変え、ぷちん、とホックを外した。

「さっきも言ったけど……これは、ちょっとした罰だよ」

締め付けを失った胸元がやけに心許ない。

彼の掌が、じっとり汗ばんだ皮膚の上を滑り、ぐっ、と乳房を摑んだ。

「は、っ……!!」

「綾木さんの、頑丈な殻を壊すための」

清見くんが顔を覗き込んでくる。

止める間もなく、こぷ、と唾液が溢れた。

唇を閉じようとしても、湧き続ける唾液を飲み込もうとしても、何か言い返そうとしても、口内のボールが邪魔をする。

「何でこういう格好を、俺にわざと見せたのかって、ずっと考えてたんだけど」

「っ、は……ふっ！」

「俺が考えたんじゃ正解はわからないから、聞き出そうと思って」

彼の質問に、私の中の欲望が勝手に答えを出した。


——こうなることを期待していたから。

じわっ、と急激に性感が高まる。

身じろぎしようとすると、全て拘束具に阻まれた。

「綾木さんは素直じゃないみたいだけど――……」

顔をよじり背後を見ると、清見くんはにこりと笑って、私の乳首を、ぎゅうっ、と強く摘んだ。

「ふ、あッッ……!!」

「さすがにこんな状況に堕《お》とせば、くだらないこと考えずに素直になってくれるかな、って思って。……それにこれは、綾木さんが望んだことでもあるしね」

堅さを持ち始めた頂点を指先で扱《しご》かれる。脊髄《せきずい》が、まるで熱せられた飴細工《あめざいく》のように溶けてしまいそうだ。

くたっ、と脱力して、乱れきった息を吐く。

直接快感を得ているのは胸のはずなのに、疼きはずくずくと下半身にまで伝染し、思わず膝を擦り合わせてしまう。

あまりにあからさまな自分の興奮に嫌悪さえ抱きそうになっていると、もう片方の手で腰を撫でられた。

「腰、動いてるよ」

「ハ、ぅ……ッ」

「でもこのままじゃ触りにくいから、短パン、脱がそうか」

「っ……!?」

「嫌なら鍵も外して、終わりにするけど」

「………」

「……選べないんだ」

脱がされることには抵抗がある。けれど全て止めて欲しいわけではない。

くすりと漏れ聞こえた笑い声は、清見くんが私の劣情を見抜いた証拠だろう。耳まで赤く染めながら、私はしおらしく羞恥に耐えるふりをした。

コットンの短パンとショーツが一緒にめくられ、汗を吸ってしっとりと湿り気を帯びている布地が膝まで下ろされる。

その様子を直視しないようきつく瞼を閉じていると、清見くんの手が剝き出しの皮膚に触れた。尾てい骨を通り過ぎ、お尻の谷間を越えて、秘部にぺたりと張りつく。

溢れそうになった声を何とか押し殺していると、背後から彼がぽそりと呟いた。

「前、綾木さんのせいで卑怯になりそうだって言ったけど……」

彼の指先が、くちゅ、と何の抵抗もなく花弁を搔き分けたことで、自分が蜜を溢れさせていることを知らされる。

「綾木さんのせいで、俺まで変になりそうだよ」

「はふっ……！　ふ、っ……ぁ」

露を絡ませた指が、情けないほどに硬くしこっている芽の周囲をなぞる。

ぐるり、ぐるりとゆっくり円を描くように動かされると、体は過敏さを増していくようだった。

「あれから、妄想するようになったんだ。拘束された綾木さんを、こうやって弄ぶ妄想」

「ンは……ッ！」

「正確には、俺が拘束した綾木さんを、だけど」

疼いているその円の中心に触れて欲しくて、私の腰はひとりでに動いていた。

耳に届く清見くんの言葉が、ぱちぱちと神経を焼き切っていく。

ほんの刹那《せつな》、爪が秘芯の先端を引っ掻いた。

次の刺激を待ち侘びる私を嘲笑うように、その手はすっ、と離れ、胸を触る手だけが動き始めた。

「でも、少し感謝もしてる」

「はっ……、は……ふっ……！」

「こんないい方法を教えてくれて、ありがとう。これなら間違いなく、綾木さんを独占できる」

意外な言葉に背後を見ると、満足げに目を細めた清見くんと目が合った。

爪の先が丘に食い込み、じれったいほどゆっくりと揉まれる。

私はもう、抑え切れない興奮で理性を散らしそうになっていた。

「それにきっと……普通にしたんじゃ、綾木さんはこんな表情しないんだろうね」

「ぁ……っ、……ッ」

「すごく興奮してるのに、欲しいものがもらえなくて、残念そうな顔」

どこまでも的確に言い当てられて、もう否定することも出来ない。

乳首を擦られるたび、体の内側にじりじりと甘痒さが蓄積されていく。

言葉を話せない私は、ただひたすら、視線だけで清見くんに懇願した。熱くなって疼いてるところに、どうしようもなく触れて欲しい。

「……触られたいんだったら、腰、浮かせて」

少しだけ躊躇ったけれど、私の体は頭で思っている以上に貪欲みたいだった。

ベッドに押し付けていた肩と頬をずらして、腰を丸める。お腹と腕との間に、彼の手が通るだけの隙間を作って、私は再び清見くんを見上げた。

「だいぶ……素直になってきたね」

今度こそ、私は間違いなくおねだりするような顔になっていたはずだ。

清見くんの手が体の下に潜っていく。

腫れぼったくなった周りのお肉ごと、きゅう、と花芽を摘まれて、私は嬌声を溢れさせた。

「ふはッ……、ア、ァ……！」

厚い壁でしこりが潰される。真綿で首を絞められているような生殺しの状態だというのに、喘ぎ声を止めることが出来ない。

全身がひくつくたびにチャリチャリという鎖の音が耳に届き、私の興奮をより高みに押し上げる。

「そんなに気持ちいいんだ？」

待ち望んだ快感に、私は何度も頷いた。

何より清見くんに、好きな人に触れられていることが、気持ちよくないはずがない。

間接的な刺激だというのに、私はあっという間に達してしまいそうになっていた。

「ア、ッ……！　フ、はッ、はっ……！」

唾液が零れるとか、そんなことを気にするだけの余裕はもうなかった。

呼吸はどんどん荒くなり、びちゃびちゃに濡れたシーツが頬に張りつく。

押し寄せる濁流に翻弄されていると、清見くんはすっと手も体も離し、「もっと」と言った。

「……もっとたくさん知りたい。綾木さんのこと。こうやって――」

ぐっ、と二つの手にお尻を摑まれ、私は悲鳴を上げた。

「ひあッ！　アッ……！」

高く掲げたままの下半身の目の前に清見くんが座っている。下着を剝ぎ取られたそこはきっと、見られたくない場所を余すところなく晒しているはずだ。

「暴きたい。隠してるもの、全部」

「ンゥウウっ……！」

「拘束されて興奮することも、溢れるくらい濡らすことも」

谷間を両手が割り開く感覚がして、私は精一杯身を縮めた。湿っぽい音を立てて指が秘唇に食い込む。

自分が呆れてしまうほどに濡らしているだろうことは、言われなくとも分かっていた。

「知らなかったことが分かっていくのが、全部嬉しい」

今まで隠していたもののほとんどを、私は清見くんに見られていた。

服に包まれていた素肌も、心の奥底に隠していた願望も、全て。

それでも恥じらいが消えたわけではないと思った瞬間、秘所をぬるりと、生温かいものが這った。

「ふぁッ⁉」

突き上げたお尻をがしりと摑んで、清見くんが愛液で潤んだ私の蜜口を舐めている。

そんなこと止めて、と、腰を落とそうともがいたところで無駄な抵抗なのは明らかだった。

「あ……ッ、あ……！」

粘膜をくいっと指で開き、彼の舌が往復する。

とろけるほどの気持ちよさに惚けた声を上げていると、膣口に、尖った舌が入ってきた。

「ふゥッ……！　ふぃ、も……ふ、い……っ」

思わず、気持ちいいと口を吐いて出た言葉に、清見くんは気づいたのだろうか。

繰り返し舌で小突かれるたびに、その刺激に押し出されるようにして喘ぎ声が漏れる。

もっと、もっと、とねだるように私は腰を浮かせた。

「綾木さん、欲張りだね」

お尻に食い込んでいた手が離れ、指先が茂みを掻き分ける。

限界まで膨らんだ花芯を転がされた瞬間、待ち焦がれていた快感が私を襲った。

「ふあっ、あッ……！　アッツ……！」

視界がぼやけ、涙さえ滲んできた。

指が丁寧に陰核を押し潰し、舌は変わらず膣内をえぐる。

限界すれすれまで追い込まれていた理性が、呆気なく降参を認めた。

「フ……!!　あァァ……!!」

際限なく膨張する快感から、私は腰を捩り逃げようとした。けれど制止を求めた声も無慈悲に聞き流され、今度は指先で莢を剥かれた芯に、伸ばされた舌先が触れた。

「ひァ!!　ア……ッッ!!　ふぃ、ふぁ……！　アアっ……！」

ぴちゃぴちゃと淫らな水音が聞こえてくる。

敏感な芯そのものに与えられる愛撫に全身がひくひくと戦慄き始めたころ、すっ、と清見くんの動きが止まった。

一瞬だけ絶頂が遠のくけれど、全身はまだ臨界をたゆたっている。

「……イキそう?」

「はっ、ふッ……、フッ……!!」

朦朧《もうろう》とした意識のまま重い体を悶えさせ、壊れた人形みたいにかくかくと首を縦に振ると、清見くんはぼそりと呟いた。

「……声が聞きたいな」

後頭部にあった留め具が外され、ようやく口枷を吐き出すことができた。

しばらくぶりに閉じることの許された唇を一度閉じ、口内に溜まっていた唾液を飲み込む。するとそれを待っていたかのように、汗と唾液で汚れた私の顔を、清見くんの手がぐいっ、と拭った。

「もう……、イッちゃうよ……っ」

掠れた声で告げると、彼は目を細める。

「……正直に言ってくれて嬉しいよ」

「つ、……ごめんなさい……。……わたし……嘘、吐いて……」

彼の言葉の中にいろいろな意味を感じて、私は咄嗟《とっさ》に謝った。私にはまだ清見くんに知らせていない大事な秘密があるのだから。

「大丈夫、お互い様だから。……言ってる意味、分かる？」

「……ううん」

「俺は卑怯な罠を仕掛けた。綾木さんも、ずるいことをした。二人して同じ。対等だって意味だよ」

清見くんは、私の嘘に嘘を重ねて、帳消しにしたとでも言うのだろうか。

「それに、気持ちは変わらないってことを、証明したかった。たとえ……欲に負けて、綾木さんがこんな姿になったとしても」

清見くんの指先が背筋をつぅ、と撫でる。

彼なら、絶対に大丈夫だ。どれだけ自分のしたことが浅はかで卑猥でも、もう、全てを話してしまおう。


自縛を解く鍵を入れた封筒が自分の予想よりもはるかに早く到着したのは、あの日より三日も前のことだった。

午前中しか授業のないその日を狙って、すでに南京錠の鍵を入れた封筒は投函してあった。恐らく午後の便で届けられるはずだ。授業を終えたらすぐに帰宅し、自縛をしよう。そう密かに計画を立てていたのに、登校前に見たポストの中にはすでに封筒が届けられていた。

そして、想定外の迅速な配達にがっかりしているところで、私は階段を下りてきた清見くんと鉢合わせになった。

「私……妄想、してたら、止まらなくなって」

「……妄想って、どんな」


——もしもこの封筒の中身を知られてしまったら、どうなるのだろう……。


「おはよう」と声をかけてくれた清見くんから封筒を隠しながらも、私はそんなことを考えていた。

それから三日間、私は何度もポストと部屋との往復を繰り返し、結局あの日、賭けに出た。

「秘密を知られて……それで……」

「うん」

彼はまるで、私がそう言い出すのをあらかじめ知っていたかのように、そっと続きを促す。

心に被せていた幾重もの殻は、清見くんがすでに壊してくれつつあるみたいだった。ひび割れになったその隙間から、私の本心が覗く。

「こうして動けないまま……、エッチ……されたいって、思ってた……」

「相手は、誰でもいいの？」

「違う、誰でもいいんじゃない……。清見くんに——」

緊張で喉が鳴る。

想いを告げようとした瞬間、心臓がきつく締めつけられた。

「清見くんに、されたい。……私は、清見くんが……好き、だから」

「……ありがとう、言ってくれて」

「えっ、あ……ッ!!」

微かに布擦れの音が聞こえたかと思ったら、すぐに熱い塊がずぶりと私の中に入ってきた。

「俺もだよ。綾木さんだから、こうしたかった」

「あ、アッ……!!」

「すぐに奥まで入れるのがもったいないくらい……ずっと、こうしたかったよ」

膣内をみちみちと隙間なく開きながら、清見くんがゆっくり、ゆっくりと埋まってくる。

燻り続けていた種火はすぐに全身に燃え広がり、私は溜息を吐くように深く喘いだ。

「はっ、はッ……、あうぅッ……!」

「綾木さん……」

後ろを見ると、清見くんは眉根を寄せて、私の腰をぐっ、と強く摑んだ。ぴったりと、私のお尻が彼の腰に密着する。

ごりっ、と体内から鈍い音が聞こえそうなほど深くえぐられて、私は背筋を戦慄かせた。

体の最奥に達した清見くんのペニスが、ずるるっ、と動き始める。

結合部で水が跳ねるような音を立てながら、濡れそぼった靡肉は繰り返し清見くんに責められた。

「やっ……、あ、ふぁッ！　あ、ァ……っ!!」

「……想像してたより、ずっと可愛い声だ」

律動のたびに、甘ったるい鳴き声が漏れてしまう。引き抜かれ押し込まれるごとに湧いてくる快楽に溺れてしまいそうだ。

今まで知っていた行為とは比べ物にならないほどの深い愉悦。自慰で感じていた気持ち良さが、それこそ本当のお遊びに思えた。

気がつけば、絶頂はすぐそこにまで迫ってきていた。

「清見く……っ、わ、私、もう……！」

止めてとも止めないでとも言えないまま声を詰まらせた私のお尻を、清見くんの手が妖しく撫でる。

その指先に意識を向けていると、彼の親指が、秘唇のすぐ後ろに潜む蕾にぴたりと触れた。

「えっ、……やっ！　そこっ、だ、ダメ……！」

「暴きたいって、言ったよね。……それに、本当に駄目そうな顔には見えない」

図星を突かれて、私はわずかに唇を噛んだ。

中を突く動きはそのまま、すぼまりに何度も繰り返し愛液が塗《まぶ》される。嫌悪感はなく、脱力するような奇妙な感覚にぞわりと体が震えた。

「そんなとこ、だめ……ッ、だめぇ……！」

「そうだね。困った顔してる」

「あぁっ、あ、いやぁ……ッ、あ……あうっ……！」

さしたる痛みもなく、ぬるついた菊口に指先が埋まり始めた。

膣内に与えられる鋭い快感と、すぐ後ろで生まれる重苦しいような違和感が混ざり合い、どちらが強いのかさえよく分からなくなる。

「でも、なんでかな。……その顔に興奮する」

「あ、あっ……、そんな……っ！」

「もっと見たい。もっと……いやらしい姿にしてみたい。今になって、自分がどれだけ強欲か思い知らされたよ。……綾木さんだって、これよりもっといろんなこと、妄想してたよね？」

指をねじるように抜き差しされるたび、括約筋が関節の凸凹に敏感に反応する。

恐怖からでも不安からでもなく、ただ見透かされていることが恥ずかしくて、私は何度も首を振った。

「言えないなら、頷くだけでもいいよ」

差し伸べられた救いの手に、私は恐る恐る縋りつく。ゆっくり頷くと、清見くんは少し笑い、そっと囁いた。

「俺も全然、こんなんじゃ足りない。綾木さん……次はどんなことしようか」

清見くんのもう片方の手が、私の背中を上から強く押さえつける。

息苦しくて声も掠れるぐらいだというのに、どうしてだろう、私も興奮を新たにしていた。

「やだぁ……ッ、きもちい、気持ち、いいよぉ……っ!!」

激しく腰を打ち付けられるたびに、南京錠がチャリチャリと音を立てる。

恥ずかしくて、それでも気持ちよさは止まらなくて、私は何を考えることもできずにただ本心だけを口にした。

清見くんにこうされることを悦んでいる、ほんの少しも偽りのない、本当の自分の姿。

感情に突き動かされるまま、私はうわ言のように告白を繰り返した。

「は、ぁっ……、清見くん、好き……っ、すき……」

「俺も」

「あァ、だ、めっ……!!　アァ……ッッ!!　もう……!!」

「綾木さんの全部が、好きだよ」

ぐっ、とお尻に入れられた指が中で曲げられ、膣内をえぐるペニスと擦れあう。

本来触れられるはずのない場所を弄られているという事実が興奮を煽り、そこを新たな性感帯にしているようだった。

急激に高まった大波が、心と体の両方を一気にさらって行った。

「イク、イッちゃう……!!　あっ、アッ……、清見く……ッッ!!」

子宮を押し上げるほどに体内深くにまで突かれた瞬間、意識は真っ白に弾け飛んだ。

達して敏感になった粘膜に、清見くんの絶頂のひくつきが伝わってくる。

なおも数度、擦りつけるように動かされると、私の体はひくくっ、と余韻に震えた。

＊

自分は一体どれだけ欲深くなるのだろう。

体は絶頂を迎えたのに、心がまだ、綾木さんを欲しがっている。そのことに内心呆れながら、俺は彼女を見た。

彼女は力なくベッドに頰を埋め、いまだ荒い呼吸をしている。

腰をきつく摑んでいた手の力を緩めると、誘うように何度も小刻みに締めつけてくる膣内から、俺はようやくペニスを抜いた。

綾木さんの手のそばでは、行為を証するように鎖と南京錠が鈍く光っている。

俺は座卓に置いていた鍵を取り、鍵穴に差し込んだ。

カチリ、と静かに開いた錠前を鎖から抜き、枷を外していく様子を、綾木さんは焦点の定まっていない目でぼんやりと見ていた。

無言のまま、彼女と視線を合わせる。

名残をたっぷり孕んだままの乱れた表情。汗ばんだ体も、唾液に濡れた唇も、どれもが愛おしくて仕方がなかった。

綾木さんの体に腕を回す。息さえ出来ないほど強く抱き締め、引き寄せられるままに、俺はそっと彼女にキスをした。

それは想像していたよりもずっと柔らかく、唇が溶けてしまいそうなほど熱かった。

顔を離すと、わずかに目元を潤ませた綾木さんが優しい顔で笑った。

彼女が俺の腕の中にいる。その幸福に、喉の奥がじんと痛んだ。


一週間後、俺はアパートの集合ポストの前で苦笑いをしていた。

三〇二号と書かれた自宅ポストの中に、請求書やダイレクトメールに混じって、ぽつんと一通届いていた白い封筒。

『清見　柊一　様』

今回は誤配でも作為でもないらしい。

書かれていたのは宛名だけで、切手も消印もなく、裏面には差出人の名もない。開封すると、見覚えのある大小二つの鍵が入っていた。

恐らく、一つは南京錠の、もう一つは家の鍵だろう。

今日、彼女は学校を休んでいた。何度メールを送っても返事が来なかったのはこういうことかと思う。

欲張りな彼女を少し懲らしめてやりたい気持ちと、ただ期待に応えるだけではつまらないという感情を抱きながら、鍵を手に、三階へと向かう。

大きい方の鍵を鍵穴に挿して回すと、三〇一号室の扉はあっさりと開いた。

夕暮れ時の室内は薄暗く、まるであの日を再現しているようだ。

リビングへと入ると、短パンにTシャツを着た彼女が、両手を後ろにしてちょこんと床に座っていた。

すでに息は上がり、火照った体を持て余しているのか困ったような表情をしている。

彼女のすぐそばまで行き、腕を拘束している手枷に目をやった。

「また、勝手に自縛したね」

少し冷たい言い方をしながらも、俺は確かに喜んでいた。

これで俺は、彼女がどれだけ自分を求めているかを知ることができる。そして彼女が自らの意志で、そのはまってしまった罠の中に留まり続けているのだということも。

彼女もまた、俺の気持ちをもう一度確めたくなったのかもしれない。

心配しなくとも、俺はこの週末にでも、再び彼女を拘束するつもりだったというのに。そのための準備までしていたことを知った時、彼女はどういう顔をするだろうか。

「湊。今日は、どんな罰にしようか」

この手枷を解くことなく、土日を過ごしてもいい。枷に鎖を繋ぎ、常に握っていようか。彼女の反応を眺め、飽きることなく抱き締め続けてもいい。インターネットで注文してある道具も、そうしているうちに届くだろう。

全てを曝け出した彼女を、そっと見下ろす。

隠すことなく口許に浮かべた笑みを見て、彼女はふるっ、と体を震わせた。

この作品は、2011年にパブリッシングリンクより電子書籍として発売された「アブノーマル・スイッチ――誘惑の誤算」「セルフ・ボンデージ――自縛の罠」を、それぞれ「いいなりの時間」「結んで、つないで」に改題し、加筆・修正したものです。

装　画　うさ銀太郎
装　幀　永野友紀子（Zapp!）

いいなりの時《じ》間《かん》

著　者　かのこ

発　行　2013年12月20日

発行者　佐藤隆信
発行所　株式会社新潮社　〒162-8711
東京都新宿区矢来町71
電話：編集部（03）3266-5411
読者係（03）3266-5111
http://www.shinchosha.co.jp
印刷所　錦明印刷株式会社
製本所　株式会社大進堂

乱丁・落丁本は、ご面倒ですが小社読者係宛お送り下さい。送料小社負担にてお取替えいたします。
ISBN978-4-10-600704-0　C0093
価格はカバーに表示してあります。